MW01615166

El club de lectores ¡Qué Papaya!

Otto Rosario Villafañe

El club de lectores ¡Qué Papaya!

Otto Rosario Villafañe

Primera edición, abril de 2022
© Otto Rosario Villafañe, 2022

Edición: Avant Editorial

Avant editorial
Avenida de Londres, 6, Portal 1, Atico A, 28500 Arganda (Madrid)
www.avanteditorial.com
info@avanteditorial.com

ISBN:978-84-19197-29-0
IBIC: FP

Este relato está dedicado a todas las personas, objetos e ideas que han sido motivo de mis pasiones. A los cientos de autores y artistas que han sembrado semillas de inspiración en mí. A cada ser humano que ha compartido íntimamente conmigo en los 55 años que me tomé en escribir este enredo, fundamentalmente a mi esposa Lily, compañera incondicional de varias décadas. Y, por último, varios agradecimientos especiales a personas que me ayudaron con rectificaciones gramaticales como la tía Zaida, o que me auxiliaron a ver y plasmar otras vertientes del pathétique como Alison, mi hermano Iván y mi hija Ariana.

A mi gran amigo Augusto por soportar mis continuas consultas. A Sunny por sus muchas y amables correcciones de mis primeros escritos cimentando los pedestales para este proyecto.

Soy un cobarde de la palabra escrita, drama queen de las correcciones, y sin la ayuda de la editorial Avant esto no hubiera sido posible. A todos, como aprendí del maestro Pedro Vargas: «muy agradecido, muy agradecido, muy agradecido…»

Otto

I.

El club de lectores ¡Qué Papaya!

El grupo de supuestos desconocidos que se dio cita en línea para leer y discutir novelas eróticas jamás sospechó que se embarcaría en una aventura casi psicodélica en la que sus más remotas fantasías sexuales se cumplirían en una ensalada de filias y parafilias. Enav, con su aparente pasta de profesora aburrida, fue ensartando una serie de eventos que, aunque no estuvieron siempre bajo su control, culminaron con la graduación de un grupo de expertos bacantes, practicantes del sexo sin inhibiciones, adictos a probar todo lo que se pueda imaginar como placentero en un universo alternativo donde parecería no haber límites.

La primera reunión del grupo transcurrió a cuentagotas, pues la mayor parte de los integrantes había leído muy pocas páginas del libro seleccionado, que fue *Tell*

Me What You Want de Megan Maxwell. En la segunda reunión todes estuvieron de acuerdo en que la novela era excelente en su contenido erótico, pero siendo una novela del siglo XXI, y escrita por una mujer, se esperaba que la protagonista no resultara más pendeja que las de Corín Tellado. Eso dio pie a que Enav introdujera algunos temas a manera de charla educativa sobre las filias, ya que en el libro se practicaban algunas. Rodolfo, que para la primera reunión ya había leído casi todo el libro, propuso que se reescribiera el final de este, presentando una mujer más empoderada. Esto desató la creatividad sicalíptica del grupo.

Las notas que siguen —para disfrute o sufrimiento del lector— son la mejor recopilación de la interacción y los sucesos que se dieron a partir de la integración de aquel grupo, que adoptó por nombre *El club de lectores ¡Qué Papaya!* y que escribió el libro que lleva por título el mismo nombre.

II.

Último capítulo con sabor a Papaya

—Eric, te propongo un juego, ¿te apetece jugarlo? —le dije con la sonrisa más pícara e inocente que pude esbozar.

Sus ojos azules se entrecerraron, señal de que había logrado activar ese lado curioso de mi marido. En ningún momento dudo que Eric sea mucho más experimentado que yo en el sexo, pero estoy por descubrir si realmente es tan liberal como aparenta o si, sencillamente, se queda en el nivel de morboso y nada más. Yo me he convertido en una pervertida con muy pocos límites y demando, por lo tanto, una pareja que esté a mi nivel.

Con una sonrisa que pretendía proyectar seguridad y poder, Eric me dice:

—Amor, quiero jugar a lo que tú quieras jugar.

Entonces pongo un semblante serio y le digo:

—Muy bien, Herr Zimmerman, tengo que regresar a mi escritorio, pero le espero en el apartamento a las 7 p. m. Más le vale ser puntual y no amedrentarse. —Le doy la espalda y me alejo, moviendo mis caderas más de lo debido.

Al llegar a mi escritorio, y nada más sentarme recibo un mensaje:

De: Eric Zimmerman
Fecha: 15 de noviembre de 2012
Para: Judith Flores
Asunto: Me muero porque sean las 07.00

Estoy loco porque llegue la hora de nuestra cita, pequeña. ¿Qué tienes preparado para mí?
Eric.

***

De: Judith Flores
Fecha: 15 de noviembre de 2012
Para: Eric Zimmerman
Asunto: Re: Me muero porque sean las 07.00

Es un secreto. Espero que no seas una gallina y te acobardes…
Judith.

***

Rápidamente les envío un mensaje a mis dos cómplices para que me confirmen que siguen interesados en lo que les propuse y saber si ambos están disponibles para hoy. En menos de un minuto recibo la primera confirmación, y con eso ya puedo cumplir la parte esencial de mi prueba de fuego para Eric. Pasan tres minutos y recibo la segunda contestación confirmando su asistencia para hoy a las 06.30 en mi apartamento.

De camino a casa, me detengo primero a comprar algunas botellas de espumosos; luego paso por la tienda Solo Para Adultos Traviesos. El juguetito me ha costado un ojo de la cara, pero sé que si las cosas salen como quiero, Eric será mi compañero para toda la vida. ¡Esto es un todo o nada!

A las 06.30 suena el timbre y abro la puerta para recibir a José y Lorenzo, mis amigos del gimnasio, ambos en los treinta; uno pelinegro, de ojos verdes, trigueño, el otro rubio de ojos azules y un tono de piel parecido al de Eric. Los dos son muy atléticos, pero no tan altos como mi Iceman. Les saludo con dos besos y los invito a pasar al cuarto de huéspedes donde les espera una de las cuatro botellas de Roederer Cristal que compré para la ocasión. Les doy las últimas instrucciones a los chicos, enfatizando que la boca de Eric y la mía no están incluidas en el juego y que tienen que seguir mis pautas al pie de la letra.

Dan las 07.00 p. m., Eric no ha llegado y yo me rasco la nuca nerviosa. Las 07.01 y oigo dos toques poderosos en la puerta que me hacen saltar de la alegría y anticipación; corro a la puerta y abro. Sin darle oportunidad a nada, le salto encima y le como la boca a besos rodeando su cuello con mis brazos. Él, sin mucho esfuerzo, me levanta y sin despegarse de mi boca me carga hasta mi habitación. Una vez en mi cama, ya sintiendo y masajeando su erección con mi mano le digo:

—Amor, ¿estás seguro de que quieres hacer esto? —Sin esperar respuesta añado—: ¡Sé que lo vas a disfrutar!

—Te amo, y me muero por probar lo que tienes preparado para mí —me responde apretándome contra su pecho.

Le paso una copa de champán y le ordeno que se duche y se ponga la ropa que está en el baño. Mientras le espero, me doy cuenta de que me excita lo obediente que ha sido hasta ahora y me encuentro disfrutando el papel de dominatriz que nunca había ejercido. Me bebo dos copas pensando en lo que va a suceder en unos pocos minutos y siento mis pezones endureciéndose; un calor recorre mi cuerpo y mi vagina se humedece, preparándose para el placer. Eric hace su entrada en los pantaloncillos Versace que dejan ver un gran bulto que erecto me da tanto placer. Yo, sin más, le beso la polla por sobre la suave tela; me siento toda una puta. Lo recuesto en la cama y le recuerdo:

—Sé que puedes hacer esto amor y lo vamos a disfrutar mucho, muchísimo. Si algo no te gusta solo tienes que decirlo y recuerda que nuestras bocas son solo nuestras.

Bajo la intensidad de la luz, subo la música, y le susurro al oído «Eric Zimmerman te amo», mientras le acaricio el pene. El momento de la verdad ha llegado. Me coloco en la cabecera de la cama y llamo a los chicos. La expresión de Eric es de total asombro, está lívido. Antes de que pueda reaccionar y mientras le manoseó los testículos y la polla, le digo al oído:

—Hoy yo te ofrezco a ti, dime que estás de acuerdo, que no te asusta experimentar.

Eric está como en estado de shock. Lo beso, y por fin él dice:

—Te amo Jud, por ti, estoy dispuesto a perder mi virginidad anal hoy.

Nada más escuchar eso, lo beso como nunca lo había besado.

Los chicos se sientan en la cama, yo volteo a ver a Eric y voy besándolo desde el cuello hasta el comienzo de sus nalgas. Le aplico un poco de lubricante a mis dedos mientras le beso el culo, dejando correr mi saliva para lubricarle. Empiezo a introducir mi dedo en el anillo rosado que es su culo. Tengo un sabor extraño en la boca, pero me gusta y los quejidos de placer que da Eric me excitan más todavía; mi vagina está chorreando. Tomo la mano de José, la llevo entre mis piernas y me coloco con las piernas abiertas para que Eric me coma la vagina como solo él sabe hacerlo; mientras, José comienza a jugar con mis tetas.

Lorenzo, con vibrador en mano, se acerca, se pone en cuclillas sobre Eric y coloca el aparato especialmente diseñado para darle masajes a la próstata en la entrada del ano de Eric. Siento como este se tensa y me aprieta el clítoris más de lo debido cuando su culito empieza a ser invadido. No sé cómo hago para deslizarme bajo Eric, pero consigo hacerlo; en esa postura parecemos un bocadillo. Empujo su pene hacia mi interior de una sola estocada. Nos toma varios intentos, pero rápidamente nos acoplamos a un ritmo que nos da placer a los tres.

Eric me besa y me dice tiernamente «Te amo» sin apenas poder contener sus gritos de placer. Sus embestidas se hacen más potentes y Lorenzo también aumenta su ritmo hasta que Eric explota dentro de mí; al poco tiempo Lorenzo grita mientras le folla el culo a Eric, y se viene. Yo necesito varias estocadas más y llego al clímax por igual.

Permanecemos un rato así, hasta que el peso me oprime el pecho y necesito quitarme a Eric de encima. José nos pasa unas copas de champán que bebemos de un solo trago. Me llevo a Eric al baño y dejamos correr el agua sobre nuestros cuerpos mientras nos besamos y nos decimos te amo sin cesar. Salimos de la ducha y le seco; Eric hace lo mismo conmigo. Vuelvo a guiar a Eric a la cama y le digo:

—Ahora, mi amor, tú vas a ser mío.

Lorenzo, cual lo acordado, se coloca en cuatro ya lubricado; yo le hago una mamada y le chupo los testículos a Eric hasta que vuelve endurecerse. Una vez lo hace, le coloco el condón y lo guio hasta la entrada del culo de Lore. Entonces me coloco el arnés que compré para penetrar a Eric. La polla color negro contrasta con las correas rosadas de mi arnés. Tengo que hacer un poco de trabajo para poder llegar al agujero de Eric con mi consolador de 15 centímetros tanto por la diferencia de altura como porque Eric está embistiendo rápidamente a Lore que grita fuera de sí con el pene gigante de mi marido en su interior. José, por fin, entra en acción penetrándome sin compasión haciéndome arañar la cintura de Eric mientras le clavo los últimos centímetros del dildo. Puedo ver que Eric está disfrutando sin inhibiciones porque estira su mano para masturbar a Lorenzo; yo aprovecho y hago lo mismo con sus bolas, que es lo que mi tamaño me permite alcanzar. Eric comienza a gritar fuera de control; Lorenzo por su parte aumenta sus embestidas y yo mi intensidad. Se vino primero Eric, al que le seguimos Lore y yo, y por último José.

—¡Qué aguante tiene el José!

Tomamos un descanso de unos 30 minutos que aprovechamos para bañarnos y comer un surtido de quesos españoles, entre los que se incluían el manchego, la torta de casar e Idiazábal exportado del País Vasco. También había embutido, todo alemán, como las salchichas bratwurst, brockwurst y franfurter. En nuestra última ronda de la noche, ya repuestos, invertimos el orden: yo penetré a Lore, Eric a mí —sin condón— y José a Eric.

Ya solos en la cama, Eric y yo nos abrazamos quedándonos dormidos en la oscuridad, él totalmente agotado y yo con la certeza de que Eric es el hombre que amo y de que solo él es capaz de saciar todo el hambre y perversiones sexuales que él mismo desató en mí.

Le echo un vistazo a su reloj de pulsera para después comparar su hora con la de mi móvil, confirmando que coinciden. Eric llegó tarde a nuestra cita. En algún momento pienso vengarme por el daño emocional causado por el minuto de espera. En compensación a los daños infligidos pienso dictar una sentencia exigiendo a mi alemán darme un masaje de pies de un mínimo de sesenta minutos de duración o a treinta minutos de sexo oral. ¡Um!, está difícil escoger. Creo que la sentencia debe combinar ambas condenas. No sé, tengo que pensarlo.

Me duermo exhausta, feliz y pensando en el viaje a Alemania.

III
La tarea

Pasaron dos semanas antes de que la Papaya Mayor citara a una nueva reunión o enviara la asignación prometida, pero por fin llegó:

Thursday, June 3, 2021, 02:57:59 PM EDT, Que Papaya069 <QuePapaya069@gmail.com> wrote:

¡Hola!

Queremos disculparnos por no poder llevar a cabo la reunión de anoche. Si es posible para ustedes, queremos proponer llevarla a cabo el martes de la próxima semana, 8 de junio a las 07.00 p. m.

El reto que le tenemos es el siguiente:

Paso 1:

Escoge de una de las siguientes filias:

1.Fetichismo

El fetichismo es la preferencia sexual por objetos inanimados o bien por partes concretas del cuerpo. Dos de las filias fetichistas más conocidas son la podofilia, que implica los pies, y el retifismo o gusto por los zapatos. La preferencia por objetos diseñados para la estimulación sexual, como los vibradores, no se considera fetichismo.

2. Exhibicionismo

Esta filia consiste en la obtención de excitación y placer sexual al exponer partes del cuerpo, normalmente los genitales, a otras personas. Es habitual que la intensidad de la conducta exhibicionista aumente con la práctica, pudiendo adoptar un carácter compulsivo.

Artículo relacionado: «Exhibicionismo: causas y síntomas de esta parafilia sexual».

3. Voyerismo

El voyerismo se define como el gusto marcado por observar a personas desnudas o que están teniendo sexo. Los voyeurs suelen preferir que la persona observada no sepa que la están mirando, y normalmente no buscan la relación sexual con esta.

<u>Paso 2:</u>

Lleva a cabo la filia elegida ya sea a solas o en pareja.

<u>Paso 3:</u>

Journaling: escribe de manera detallada cómo fue tu experiencia llevando a cabo esta filia.

¡Los esperamos el martes 8 de junio en la próxima reunión del *club de lectores ¡Qué Papaya!*

∞∞

—¿Quién hizo la tarea y quiere compartir su aventura con el grupo? Yo tengo que confesar que la hice a mitad porque no documenté nada. —Con eso inició la reunión Enav.

Rodolfo intervino para decir:

—Aquí tal parece que el único *nerd* pendejo que hace todo al pie de la letra soy yo. Si no les molesta pongo la computadora a leer lo que escribí.

—Ja, ja, ja. —Rieron las chicas en el *Zoom*—. Tú eres nuestro nerd y te queremos tal cual.

—Rodolfo, dame un minuto para grabarlo —dijo Enav.

—Ok.

—Listo, ¡adelante! —le animó Enav.

—Aquí va:

«Por: El Guineo Tropical

8 de junio de 2021

»Me preguntas si lo que te conté sucedió tal cual lo despepité. Charles Bukowski decía que el noventa porciento de sus historias eran reales y las mías lo son solamente diez, pero, en alguna parte, en alguna coyuntura, esto sí aconteció tal y como te lo conté. Sé que hace un momento al preguntarme cómo estaba esperabas un simple «bien» como contestación, pero no podía dejar de decirte que estaba loco por acercarme a ti para probar en tu escote el perfume que inundó la habitación en cuanto entraste; que estoy con un poco de vértigo porque me estoy deslizando por tus senos y que me muero por saber si debajo de la falda hay humedad con vello o si vas depilada.

—Mira pescao, me atrevo a apostar que los porcientos en la vida real son totalmente invertidos. Llevo eso allá abajo como nalgas de bebé, pero hoy, como siempre, te quedas con las ganas —contestó mi amiga riéndose a carcajadas.

Lo que sigue fue lo que le conté a mi incondicional de hace muchos años:

Por fin llegó la nota que tanto había esperado de Enav. ¿Qué asignación perversa me tocaría? Solamente sé que estaba dispuesto a obedecer y por qué no confesarlo; ser el estudiante con la mejor nota y de paso hacer una digna representación del sexo y género masculino. Al leer la asignación me gustó que fuera corta y directa al grano. Me encantó que la muy bellaca Papaya Mayor se excusara y que no hubiera tenido tiempo para sentarse antes a redactar la asignación; de seguro estuvo acostada cogiendo pinga toda la semana. Qué pena que yo no haya aportado par de pulgadas lo mismo de lengua o de chorizo a esa ensalada bellacosa.

Dispuesto a escoger al azar cualquier filia o todas ellas, como ave de mal agüero, recordé que mi esposa se había estado sintiendo mal y que posiblemente esto sería una aventura a lo Llanero Solitario, aunque había un tal Tonto en la tirilla cómica…

Tal parece que hoy iba a sufrir por no seguir uno de mis consejos más populares entre amigos varones y odiado por sus esposas y novias, que me había ganado la exclusión de muchas fiestas y la abierta prohibición de que muchos de mis amigos salieran conmigo. El famoso consejo es que siempre tenga una o uno de respuesta. Y el toque final al consejo: cuando una de esas boricuas bravas pregunte si estaba aconsejando un chillo o chilla, responder «uno» no es suficiente; hay que tener la respuesta de la respuesta o plan A, B y hasta C.

Recordando una de las historias de las compañeras del Club de Lectores me decidí por algo relacionado a los pies: podofilia, que suena peligrosamente a pedofilia. Con la imagen mental pero totalmente gráfica de una de las papayitas masturbando a su jevo con los pies me puse a pensar en cómo, a pesar de mi poca flexibilidad, me podría dar placer con mis pies, mas caí en cuenta de que estaba demasiado ego fálico y los pies podrían ser tanto los protagonistas objeto como la fuente del placer. Al igual que para cualquier encuentro sexual, cuando es planificado, me di un buen baño. Este fue diferente a otros en mi vida porque asumí que había dos personas: mis pies y yo, como si fuéramos entes aparte; ellos mis amantes.

Comencé por lavar mi cabello, para eso tomé uno de los champús caros de mi esposa, descartando la baratija de la tienda Todo a Dollar. Luego me lavé la cara, que me había afeitado hace unos días después de meses de no hacerlo y seguí bajando, poniendo énfasis concreto en mis tetillas, ombligo y toda el área del pene y, como en el chiste del amor platónico, me lavé bien el culo por si acaso. Para los pies, como si estuviera bañando a mi amante, separé un tiempo adicional y fui muy meticuloso. Primero tomé una esponja y los limpié cuidadosamente poniendo mucha atención entre los dedos y en las plantas, luego agarré la piedra pómez y la pasé por todas las asperezas. A continuación, me enfoqué en dejar las uñas limpias y para conseguirlo usé una escobilla con la que froté cada una de ellas. Durante todo este tiempo contuve las ganas de masturbarme, pues las imágenes en mi mente me tenían hace rato con una erección, pero no quería hacerlo, o por lo menos no todavía; deseaba toda la sangre y placer fluyendo hacia y desde los pies. Por último, coloqué los pies en un balde con sales de Epsom y le deposité esencias del medio oriente que mi hermano nos había regalado a su regreso de la guerra de Kuwait.

Ya saliendo del baño, aferré la canasta con todas las lociones y cremas que tenía mi esposa en la parte inferior del lavamanos, donde por cierto había un liqueo fruto de mi último proyecto de remodelación, el cual subsané al instante poniendo una palangana por donde escurría la gota. Ya había dado unos pasos hacia la cama matrimonial cuando mi esposa hizo su entrada triunfal. Yo me quedé anonadado, como cuando te pescan in fraganti. Definitivamente no me di cuenta de todo el tiempo que había pasado en el baño.

— ¡Ah! Pupirito qué conveniente que tienes las cremas a la mano, necesito un masaje, tengo los pies hinchados. ¡Pero qué rico hueles!

Yo tuve una alucinación visual, como si se me hubiese afectado el lóbulo occipital y luego de un breve momento de parálisis total volví a la vida sabiendo qué hacer.

Me acerqué lentamente a mi esposa y suavemente le susurré al oído:

—Dentro de poco tú olerás mejor.

En mis entrañas me deleitaba con ese delicioso sabor a yogurt y olor a cerveza suave que solía emanar de la entrepierna de mi compañera. La senté en la cama, y rápidamente fui a buscar el balde con agua tibia que había estado usando, las sales y todas las esencias. Le quité los zapatos y las pequeñas medias, colocando los pies en la tina con el agua todavía calientita; la recosté en la cama, le subí la falda y comencé a darle un masaje desde los muslos hasta los tobillos. Luego prendí un incienso, le ordené a Alexa que tocara música suave, le restregué cada pedazo de la epidermis de sus pies, desde los tobillos hasta los meñiques. Le pasé la piedra pómez y por último enjuagué y sequé toda la piel.

—¡Ay, qué rico! Pupirito, esto era lo que me hacía falta.

Entonces, de rodillas, agachado al pie de la cama coloqué su pie derecho sobre mi rodilla izquierda y empecé a masajear desde su tobillo, poniendo mucha atención a la planta del pie y terminando por las articulaciones de los dedos. Al terminar con el pie derecho lo ubiqué con la planta sobre la cama y un poco separado para así poder ojear mejor los pantis blancos que comenzaban a mancharse de humedad. Mi esposa mientras tanto miraba al techo como en éxtasis. Hice el mismo procedimiento con el otro pie mientras continuaba ligando la hendidura que se le formaba entre las piernas. Al terminar con el pie izquierdo lo embadurné de una crema comestible con sabor a menta y comencé a lamer los tobillos, la planta y cada dedo. Ahora estaba de pie sobre la cama y podía ver mejor la raja que se marcaba acuosa en las bragas y ella estrujándose las tetas, dejando escapar suspiros de vez en cuando. Yo tenía una erección a mil y comencé a frotar mi pene contra la planta del pie que luego de la pedicura casera estaba suavecito y se sentía rico al contacto; tuve que disminuir el ritmo para no venirme demasiado pronto. Entonces tomé el lubricante anal que siempre tenemos al pie de la cama y se lo unté entre el dedo gordo y el digitus secundus y comencé a penetrar salvajemente el espacio entre los dedos y ahora sí que no pude contenerme. El primer chorro de leche cayó un poco más arriba de la rodilla, el segundo sobre la espinilla y el último sobre el empeine.

—¡Qué rico, papi! Échame toda esa leche, me gusta ver cómo me bañas. ¡Métemelo to' ahora! —me gritó mi esposa.

Todavía con la erección sólida, pero un poco mareado —porque ese polvo lo eché de pie— me tiré sobre ella y moviendo el panti hacia el lado la penetré de un solo tirón, pues estaba super mojada por la bellaquera; tuve que taparle la boca, pues los niños podían oír sus gritos, y al poco tiempo ella se vino. Un poco después, cuando estaba a punto de eyacular se lo saqué y se lo metí en la boca para venirme mientras me lo mamaba, y como siempre se tragó hasta la última gota. La poca leche que bajó por las comisuras de los labios se la limpió con la experta y lujuriosa lengua.

—Papi, pero qué rico. Este es el mejor recibimiento y masaje que me han dado en toda mi vida. ¿Qué te metiste hoy?

—Mucha papaya, papaya tropical —le contesté».

—¡Guao! ¡Qué bien está! ¿Y es verídico? —pregunta Enav.

—Eso por respeto a mi esposa se lo dejo a la imaginación y a la interpretación de cada cual.

—Muy bien, cada uno que llegue a su conclusión. ¿Alguien más que quiera compartir su ejercicio?

—Yo estaba aquí haciendo celebro con la historia y recordando la mía. Se las comparto:

«Por: Anita la huerfanita
6 de junio de 2021».

—Bueno yo no soy muy experta en esto, pero les cuento mi aventura. Desde que empecé a leer el libro ando con las hormonas revolcadas.

—*Bellaquita desde nacimiento* —tarareó una de las chicas en el Zoom, aludiendo a una conocida can*ción*.

—Hasta bajo desde los dieciséis, ja, ja, ja —continuó otra tatareando la pegajosa letra.

—Eso mismo —comentó Ana a carcajadas.

Enav añadió con una sonrisa que delata satisfacción:

—Creo que eso ha sido universal en el grupo.

—Pues bueno, ya yo les había contado que yo estoy sola, pero tengo mi amigo en el baño, que, por cierto, solicitó baterías nuevas esta semana, pero nunca me falla, y también tengo mi panita el español.

—Ole, por el majo —dijo otra papayita.

—Bueno, pues el español estaba cerca de mi apartamento y decidimos encontrarnos en la Playa del Condado, eran las 08.00 p. m. por lo que estaba oscuro. Como yo sabía a lo que iba me llevé un «kit» en el zurrón que incluía condones, cremitas, agua y toallitas desinfectantes. Y me puse una falda larga y ancha, me fui sin pantaletas ni sostén, y con una botella de vino previamente descorchada.

—Eso denomino yo una mujer bien preparada —comentó Rodolfo.

—Yo saludé al gallego dándome un sorbo de vino y pasándoselo a la boca, como se hacía antes con la marihuana, nuestras lenguas terminaron buscándose, húmedas como peces retozones. Y eso fue suficiente para encenderlo.

»Lo senté contra la verja de un edificio, de modo que solo nos veían los que estuvieran en la playa, que a esa hora eran muy pocas parejas caminando y una que otra persona paseando perros. Esta función no era para los residentes de los condominios frente a la Playa del Condado, a menos que estuvieran en plena playa. Le pasé, al hijo de la madre patria, otro sorbo de vino y seguí besándole el cuello mientras le desabrochaba la camisa para chupar y pinchar su tetilla derecha con mis dientes y la otra con mi mano izquierda. A él de lo más que lo excita es que le mame las tetillas mientras le doy mordiditas a la punta de los pezones.

»Yo estaba arrodillada frente a él y el vuelo de la falda le cubría buena parte de su cuerpo por lo que aproveché para bajarle la cremallera y comenzar a masturbarlo lentamente mientras le seguía chupando la tetilla y podía palpar como su porro iba creciendo. Di una mirada rápida por sobre mi hombro y como no había nadie cerca enrollé la falda hasta que su bicho quedo al descubierto y me lancé sobre él. Entonces Pancho me recogió el pelo y me sujetó por la nuca con una mano mientras con la otra se impulsaba para chicharme la boca que salivaba tanto o más que mi puchita que estaba hecha un charco. Coloqué las manos sobre la arena y estaba fría y húmeda. El pobre gallego debía tener las nalgas congeladas por lo que hundiendo las palmas en la arena las deslicé hasta que le apretaba las posaderas y aproveché para calzarlo con un dedo, porque eso también le gusta a mi jevito.

»Cuando noté que estaba próximo a venirse paré y dejé que el traje volviera a cubrirle todo el área de la cintura y era tan ancha que sus piernas quedaban prácticamente cubiertas también. Me puse en cuclillas y guie su pene hasta la entrada de mi vulva que goteaba el líquido transparente y pegajoso que acompañan mis bellaqueras y me dejé caer sobre él. ¡Qué rica estocada de carne me dio Pancho! Después de que él se viniera, yo seguí moviéndome más lentamente mientras apretaba su semi erecto bicho con movimientos de mi pelvis a los que llamo los Elvis.

»Pancho, todavía dentro de mí, ya flácido, abre los ojos y comenta: «Tenemos compañía». Mi corazón dio un vuelco tan grande como si tuviera un orgasmo o un infarto y le pregunté totalmente cagada del miedo: «¿Es la policía?» Y él me contestó, riendo: «No es la policía, pero tiene la macana en la mano y está listo para dar pelea».

»Entonces, todavía con el corazón latiendo a millón, sonando como tambor, giré para ver un joven bastante alto que estaba parado mirándonos y por sobre su pantalón corto se le notaba una considerable herramienta, que sí, parecía una macana o mejor dicho una macanota. Y mi corazón siguió agitado, pero ahora era porque algo me decía que esa macana era lo que me hacía falta para cerrar la noche con broche de oro. Tomé la botella de vino, me di un trago y le ofrecí al desconocido. Él contestó: «No hablo español», con la lentitud y acento con que se mascan las palabras cuando se intenta hablar un idioma que no dominamos. Entonces le dije: *«Do you want wine?»*. «Yes, please», respondió mientras se acercaba a tomar la botella que le tendía.

»Yo me quede de rodillas, pero ahora mirando a la playa y mientras el gringuito se daba un trago de la botella le eché mano a lo que se quería salir de su pantalón, que era mucho más largo que el de Pancho; de una le bajé los pantalones y comencé a mamarle los cojones mojados, saboreando el agua salada del mar mientras le sujetaba el bicho con la mano bien pegada a la base y a leguas se notaba que para cubrirlo completo necesitaría la otra mano y más. Yo quería que ese martillo me diera un palo. Se la chupé por la base y le puse un condón, lo derribé sobre la arena y me le encaramé encima. En esta ocasión fui despacio porque sabía que si me metía ese monstruo de un cantazo me desgarraba. Me tomó un rato acomodarme toda esa morcilla albina, pero cuando ya estaba bien dilatada comencé a moverme frenéticamente sobre él: primero de rodillas y luego en cuclillas para poder hacer que el movimiento fuera más salvaje y se me enterrara con gusto criminal hasta el fondo. Lo único que me faltó fue que entraran las bolas también. Me vine super rico y estuve como tres días con dolores en las piernas por todo el ejercicio de esa noche.

—Esa ha sido la pinga más grande que me he engullido y a la verdad que estuvo cabrón —dijo Ana dando por terminada su narración.

—Esta asignación ha sido todo un éxito, si ustedes me permitiesen ahora comparto mi historia:

»Por: Enav

5 de junio de 2021

Mi historia no es tan dramática como la de los dos compinches, pero igual termina en un buen polvo. Hace poco mi compa y yo andábamos de regreso a la casa y él se paró a comprar unas cervezas en el super y yo me quedé en el carro. Era una de esas tardes que ni el aire a «to' fuete» lograba refrescarme. Me sentía sudada entre las piernas, y abrí las patas y las trepé en el *dash* mientras apuntaba las ventanillas del ventilador a mi panocha que agradeció la corriente de aire gélido, me entró un escalofrió y me toqué allá abajo y pude sentir el sudor. Yo me acicalo un poco, pero no afeito los pelos de la crica por lo que tenía un bache de sudor y los pendejos estaban mojados, sancochados.

»Y casi sin querer empecé a frotarme el clítoris y buscar que la corriente de aire me diera directo al área de la raja. Alguna de la gente que pasaba miraba hacia mí, pero realmente lo que podían ver eran mis piernas sobre el tablero de instrumentos. Entonces Joey regresó y me descubrió así, espatarrada y con la mano en la raja.

—¿Pero que tienes mujer?

—Me pica el chocho y necesito tu bicho pa' rascármelo. ¡Me vas a resolver ahora mismo!

—Déjame mover el carro a otra parte del aparcamiento no tan expuesta porque hay un tipo en el segundo piso que te está ligando y masturbándose.

»Me incliné, acercándome al vidrio para mirar hacia arriba y efectivamente había un tipo en el segundo piso ligándome con una mano recostada en el borde de la baranda y la otra —se notaba por el movimiento— que la usaba para darse placer. Entonces abrí más las piernas para que se acrecentara su calentamiento. Joey arrancó el auto y apenas guio como un minuto —que la agitación hizo parecer una hora— hasta la parte más alejada del estacionamiento. Yo ya había tumbado el asiento lo más que daba, él se desabrochó el pantalón saltó sobre mí y me metió primero la cabeza; su intención era ir poco a poco, pero como yo estaba tan mojada su polla se enterró por completo. Como esto tenía que ser un rapidito le apreté las nalgas y con el anular le acaricié la rosca del ano, él se movía raudamente y se vino, yo necesité dos o tres embestidas más y me vine por igual. Joey se movió a lado del conductor y entonces era uno de los chicos que recogen los carritos de compra el que nos ligaba, bajé el vidrio y le hice un guiño mientras nos alejábamos apresuradamente a continuar la fiesta en casa.

Aunque Enav no lo divulgó al grupo, esa aventura no sucedió esa semana, si no hace mucho tiempo y Joey no fue el único actor de reparto. Había cierto goce secreto, íntimo en eso de saberse deseada y de provocar cosas en extraños. El fin de semana tocaba hacer compra. Enav posiblemente guiada por su inconsciente se aseó muy bien, se puso un traje cómodo, sin *brassiere* y con un diminuto hilito que se incrustaba en la raja del culo y que como no solía usarlos la presión y roce le hacía recordar que estaba allí como si fuera la punta de un dedo presionando por entrar. Eso la tenía un tanto excitada.

La compra en el super fue más o menos igual que siempre, la parejita joven con la ilusión del amor que comienza, la cuarentona con su barriguita de tres partos, los niños correteando y el marido ausente, la pareja de viejos, envidia de todos, con cincuenta años de matrimonio que parecen luna de miel. Los solteros con la compra de fin de semana que conjura sol, playa, arena, cerveza y, con suerte, sexo. Y ese prisma de colores que es la piel del puertorriqueño, desde el blanco que parece anglosajón, café con leche en distintas proporciones lo mismo con azúcar blanca o morena. Y por supuesto el más fuerte café negro y sin azúcar. Los colores de ojos negros, marrones y amarillos predominan, pero los verdes y azules también circulan. El pelo negro es el predominante y aunque sea a fuerza de alisados el pelo lacio es rey. Siempre se ve alguna mujer con rolos o con el dubi y los mil pinches.

Luego de pagar una compra que salió más considerable de lo planificado Enav se dirigía a la salida cuando oyó una voz varonil con lozanía de juventud.

—¿Le llevo la compra?

Enav giró con la intención de educadamente declinar la oferta, pero entonces reconoció al chico ligón de los otros días y con una sonrisa coqueta dijo:

—Sí, por favor. —Moviéndose al lado para que el chico tomara control del carrito de compra y con toda la mala intención rozó su brazo mientras él se acomodaba.

Ella caminaba al frente maquinando en sus pensamientos, contenta de haber estacionado en esta ocasión bastante lejos de la puerta de entrada. Cuando se encontraba cerca de su auto lo encendió y abrió el baúl con el remoto. El chico comenzó a acomodar la compra mientras ella lo observaba y le preguntó:

—¿Te acuerdas de mí?

—Sí —dijo él.

—Termina de acomodar la compra, lleva el carrito y ven para pagarte.

El chico —que no era ningún tonto— entendió que si no le había dado dos o tres pesos al terminar de colocar la compra era porque la paga no era en dinero y estaba relacionada con lo que había observado los otros días. Con el ímpetu de la adolescencia y una novia que apenas lo pajeaba, su pene ya estaba duro y pidiendo salir del pantalón. Enav que no quería perder el tiempo dejó medio abierta la puerta del pasajero y movió ese asiento lo más atrás que le fue posible, y recostó el espaldar para facilitar lo que se venía.

El chico, al ver la puerta abierta, no duda en subir y cerrar de inmediato tras de sí. Ella enseguida se dio cuenta de que el chico ya lo tenía parado y sin dilación le comenzó a frotar por sobre el pantalón mientras le decía:

—Pero ¿qué es esto? ¿Quieres pelea?

Juan, que no era tímido contestó:

—A diez asaltos si quieres.

Ella solo se detuvo en su manoseo para bajarle la cremallera y sacarle el bicho; eso sí, después de pelear con el pantaloncillo, porque el mozo lo tenía tan parado que se le encajaba y parecía no querer cooperar. Esto iba a ser apresurado por lo que no quería desabrocharle el pantalón ni bajarlo ya que en caso de dificultades sería fácil recomponerse. Entretanto le preguntó el nombre:

—Juan —contestó el chiquillo.

—¿Y tú edad?

—Diecinueve. —Mintió él, pues a pesar de su voz y de lo desarrollado que estaba solo tenía diecisiete y acababa de pasar a cuarto año de escuela superior.

Ya con la paletita afuera Enav lo tomó cerca al glande y apretó firme, presionando hacia abajo para que la cabeza se extendiera al máximo y comenzó a lamerle la coronilla siguiendo los bordes donde hubiese estado el prepucio, que como a tantos otros jóvenes en Puerto Rico, se lo habían removido al nacer. Tenía ese pene un sabor rico, salobre y un fuerte olor que delataba la intensidad de la pubertad. Luego comenzó a follarse la pinga con su boca y, de vez en cuando, paraba para darle una mordidita lo más cerca a la base que le era físicamente posible, dado el imponente tamaño del artefacto que tenía en su boca. Experta en el asunto, mas reconociendo el peligro de hacer eso en un lugar público, bellaca y loca por ver leche aceleró el paso. Por los quejidos del chamaco se dio cuenta de que este se venía, se despegó del pilón que tan hábilmente había estado chupando y dos chorros salieron con gran presión: el primero le dio en el cachete izquierdo, para rápidamente deslizarse por su mejilla, el otro en el pecho del mismo lado y otros chorros resbalaron por su mano que no dejo de presionar y masturbar el pedazo de salchicha que tenía atrapado. Se inclinó y lamió las últimas gotas que salían ya sin mucha presión de aquel pene que todavía se mantenía erecto y cabeceando, pues Juan apretaba las nalgas y hacía que se moviera chocando contras su enlapada barriga como contestando que sí a la pregunta «¿Quieres más?».

—¡Nene, como sueltas leche!, me embarraste toda.

Por suerte Enav tenía una toallita del gimnasio que usó para limpiarse la cara, las manos y los huevos de él, que se habían embarrado también. El emplaste del pecho sencillamente lo secó con la camiseta quedando esta manchada. La cabeza del bicho no, esa la dejo limpiecita con su lengua.

Enav le dio un beso de piquito y le dijo:

—Vete a trabajar antes de que nos agarren en estas fachas.

Él le dijo «gracias» y salió a toda velocidad, más contento que nunca, con la primera mamada de su vida y se fue al baño a masturbarse fantaseando con las tetas que le había visto a la mujer que lo había acercado a la gloria. Allí, sobre el retrete lanzó el polvo que le echó a la mamona del estacionamiento en su lujuriosa imaginación.

A ese estacionamiento volvió varias veces. Los compañeros de Juan parecían turnarse para que la mamona del aparcamiento —como le apodaban los chicos— le pagara el servicio de entrega de mercancía con una rica mamada. La última vez que ella visitó el supermercado de las mamadas nunca lo olvidará. Ese día, cuando salía a hacer la compra, Joey le gritó que no se olvidara de la leche. Ella se echó a reír y le contestó: «Por mi leche voy que está en especial...».

Al entrar al supermercado se notaba que los *baggers* ya la conocían y se peleaban por ser el que la atendiera, pero había una ley no escrita: al que todavía no se la habían mamado en esta vida le tocaba el primer turno. Ese sábado, los seis chicos eran todos veteranos así que era campo abierto. Enav no pudo dejar de notar la cara acusatoria de la cajera; una joven de lo más mona, pero por su puritanismo ningún chico le prestaba atención. Al final le tocó a Enrique entregar la compra. Este ya había recibido una de las famosas felaciones de la mamona del aparcamiento, así que de camino se pusieron a bellaquiar.

—Hola Enrique, ¿hoy tienes lechita para mí?

—Sí, señora y mucha.

—Pues avanza y empújamelo, el carrito.

Ya acercándose al auto, ella hizo la misma maniobra de siempre, prendió el auto para que el aire fuera enfriando y abrió el baúl. Ya estaba la compra casi acomodada cuando Juan se acercó a saludar. Enav lo saludó con un besito y le preguntó sin ninguna vergüenza:

—¿Tienes leche, o ya tu novia te ordeña?

—Tengo leche de más, pa' repartir.

Ella, en esta ocasión abrió la puerta de atrás y le dijo a Juan que entrara y a Enrique que se apurara con el carrito. Para cuando Enrique volvió ya Juan tenía el bicho fuera del pantalón y Enav lo estaba trabajando con una mano. Enrique se sacó el pene y Enav lo sentó al lado de Juan, con la mano derecha masturbaba a Juan y con la izquierda a Enrique.

—Niños, hoy necesito más leche porque la del super no me da.

Pero los niños ya estaban más enfermizos y mientras Enav se inclinaba para mamárselo a Juan, el otro le quitó el mahón y las pantaletas y se acomodó en el descanso de los brazos del chófer y estaba torpemente intentando penetrarla por detrás. Ella tomó el pene de Enrique y lo condujo hasta su chocho. Juan le apretaba las tetas mientras Enrique le estaba metiendo todo lo que tenía y empujaba tan fuerte que ella golpeaba la barriga de Juan con ímpetu.

Enrique se vino como en un minuto y al poco tiempo Juan se vino también. Ella bellaca hasta la muerte, no le soltó el bicho a Juan para que no se muriera y le dijo:

—Ahora tú tienes que hacerme venir. —Y tumbó a Juan a lo largo del asiento y se le trepó encima y lo remontó sin compasión.

Juan, en esta ocasión, duró un poco más, unos cinco minutos. Ella se volteó hacia Enrique que se le había vuelto a poner dura la estaca mirando como las nalgas y el culo de ella se abrían y cerraban mientras se tiraba salvajemente a Juan. Este último ahora sí que tenía la morcilla fofa y ella le dijo:

—¿Ya no me vas a dar leche?, pues pa' fuera. —Y lo empujó hasta sacarlo del carro.

Entonces agarró a Enrique, lo acostó donde antes había estado Juan y se le encaramó encima dándole las mismas estocadas que al otro chico. En esta ocasión, ella se vino clavando sus uñas en las nalgas del muchacho hasta sacarle sangre y como el chico no se había venido ella se desmontó y arrancó a mamárselo, sintiendo sus propios líquidos por un buen rato hasta que ya le supo a bicho. Él se vino, ella se tragó todo lo que el chico escupió que no fue tan abundante como en la primera ocasión.

Recordando esa época el único reproche fue que no pudo desarrollar a los chicos para que por lo menos dos o tres se la follaran bien follada. Pero la rica leche, *whole milk*, espesa y abundante de los jovencitos es algo que no ha podido olvidar, ni repetir.

IV
La graduación

Don Severino ya había leído el libro y contemplado alguna de las grabaciones de las secciones que había tenido el Club por Zoom y encantado había consentido que la primera y quizás única reunión en vivo de tan ecléctico grupo se realizara en la Ipnóteca. Cuando trajo el tema en la reunión del directorio de la empresa el VP de mercadeo dijo que le parecía que sería un golpe de promoción genial; hubo otros que precisamente no saltaron de la alegría, como el encargado de las finanzas, un hombre recto y respetuoso de la ira del «Señor» que expresó su miedo a que la imagen de la empresa se dañara al asociarse con un grupo de temas sexuales. Don Severino, que le hacía honor a su nombre en cuanto a lo rudo que podía ser, pero no a la observancia de leyes divinas en forma retórica preguntó:

—¿Cuántos de nuestros clientes son devotos cristianos? —El mismo se contestó—: El perfil de nuestros clientes los pone del lado de la vida terrenal. Es más, ni el vino de la comunión nos compran los muy cabrones.

Así que con la bendición del patriarca mayor se dispuso que se le diera trato preferencial al club de lectores ¡Qué Papaya! y Jay puso el presupuesto de mercadeo y promoción a la disposición de la reunión. La apuesta del viejo era muy simple: sus clientes presentes y futuros eran más amantes de la página ¡Qué Papaya! que de la misa de los domingos.

El día de la reunión don Severino se encargó personalmente de supervisar los preparativos finales para la tertulia. Esa noche la Ipnóteca se convertiría en la Sexóteca. Para que la cosa comenzara bien, el anciano hizo una elegante selección de vinos para obsequiarla al club: una botella de Dom Perignon PS, un Valdueño 12 años, botella de Vega Siciliana Doble Magnum más dos tintos que no se pueden precisar. Una de las chicas se ofreció a ayudar en el descorche y otra en la distribución de las bebidas. Don Severino era un excelente anfitrión y se despidió con un juego de palabras diciendo que el sexo y el vino eran un complemento ideal y que a los hombres había que recordarles que el buen vino requería meticuloso trabajo, que mientras más él dura con la cosa dura, mayor es el goce del roce.

—Que me perdone el caballero, que mis consejos sean dirigidos a los varones, pero es que suelen ser los que en el acto sexual descorchan el champán antes de que llegue la novena entrada.

Don Severino, se marchó dejando a Enavsa a cargo. Esta comenzó por expresar lo contenta que estaba con el club y de paso fue llamando a cada integrante haciéndole entrega de una cajita con un surtido de juguetes sexuales y una copia del libro ya finalizado. Luego de otra ronda de bebidas y de que los libros cambiaran de manos hasta que cada uno de los integrantes tuvo su copia autografiada por los demás, Enav dijo:

—Les pongo el audio del último capítulo del texto del Club de Lectores, el único que no hemos leído en grupo y que ustedes ven o, mejor dicho, oyen por primera vez.

Enav bajó la intensidad de la luz echando a correr la grabación. Ya habían transcurrido unos 15 minutos desde la primera copa y el grupo estaba entrando en calor. Ana fue la primera en darse cuenta de que el último capítulo acontecía ese día, en ese lugar y que eran ellas las protagonistas. Esta era la oportunidad perfecta para convertir en realidad la fantasía que Rodolfo había expresado al principio del proyecto y que con tanto detalle estaba escuchando. Era como si estuviera actuando una pieza de teatro con el director dictándole cada paso, cada expresión con lujo de detalles.

Ana se puso en pie y caminó hasta Rodolfo y comenzó a besarlo. No habían transcurrido 30 segundos cuando Mónica se levantó y, colocándose a las espaldas de Rodolfo, le quitó la camisa y emprendió a acariciarle y a besarle la espalda. Enav sonreía, orgullosa de su grupo e inadvertidamente se mimaba su clítoris.

Don Severino, que no recordaba lo que era una erección, veía su pantalón subir como si fuera la isla de Puerto Rico surgiendo de las profundidades del mar con la fuerza de un volcán en erupción. Sonriendo exclamó:

—¡Hasta que te decidiste a despertar viejo volcán apagado!

Habiendo leído el libro, su excitación y expectativa crecía y se le adelantaba a la narración y a los actos que presenciaba en las cámaras de su oficina con múltiples ángulos de la acción.

—Será que ahora le van a … —se decía y su mente se anticipaba a la obra de teatro que transcurría en las pantallas del sistema de seguridad, lo que hacía que su bellaquera se acrecentara según las expectativas se iban cumpliendo.

Entonces Limarís y Luzmar se levantaron y cada una se apropió de una de las tetillas del privilegiado Rodolfo que volaba en una nube de placer. La única chica que no había entrado en acción y que se empezaba a sentir fuera de grupo era Lolita, pero también le llegaría su momento. Era la más joven y menudita de las chicas, tanto así que en uniforme escolar cualquiera la confundiría con una chiquilla. Ese nombre, sin embargo, *Lolita* ya venía con una carga sexual imposible de ignorar; al pronunciarlo la lengua por obligación hacía un recorrido en el paladar que predisponía a lo lúdico.

Se oía la melodiosa voz de la computadora en la sala en penumbras, Lolita se levantó y caminando lentamente, observando esa masa compacta de cuerpos que como hormigas parecían devorar su presa, rodeando el grupo, se deslizó por entre las piernas de Mónica y de Rodolfo y sentada en el piso comenzó a mamarle el bicho a Rodolfo, apartando una de las manos de Limarís y Luzmar y colocándolas en sus senos, comenzando a recibir un rico masaje. Con su mano izquierda sostenía el bicho de Rodolfo que se quería mantener cual asta de bandera mirando al cielo y con la otra comenzó a acariciar la vagina de Mónica. En esos momentos Rodolfo más bien era sostenido en el aire por las bocas y manos que trabajaban en su cuerpo y parecía desmayado con su cabeza hacia atrás y su cuello siendo mordido salvajemente por Ana.

Nuevamente cual ensayada coreografía, Limarís y Luzmar se voltearon y como bailarinas saltaron hacia Enav ejecutando *relevés y tendus* mientras que Ana y Mónica levantaron en vilo a Rodolfo y lo colocaron sobre la larga mesa; Lolita se recostó al lado sosteniendo el bicho de Rodolfo en vertical, cuando llegaron Limarís y Luzmar con Enav cargada en cuclillas la dejaron caer sobre la erecta pinga de espaldas al macho en un magnífico *plié*, dándole a Enav toda la soltura de entrar y salir a su ritmo.

Ana se sentó en la cara de Rodolfo que comenzó a darle lengua sin parar en modo de *allegro*, la Mónica se colocó frente a Enav y le sobaba los senos y las otras chicas mamaban senos, se tocaban y besaban sin ninguna limitación, como si estuvieran ejecutando un *grand jeté, un assemblé, entrechat seises* y nada de *adagios*. Esta era la forma del grupo de agradecer a su maestra y al gestor de su libro de aventuras; regalándoles el primer polvo de este inolvidable encuentro. No se puede precisar quien fue el primero en venirse, pero si puedo asegurar que fue más de uno y sin contar a don Severino, que había olvidado lo que era tener una mogolla en los pantaloncillos y el pantalón manchado, tuvo que limpiarse, y lo hizo muy contento.

El grupo permaneció unos cinco minutos compacto, abrazado, sudado y por lo menos Rodolfo soñoliento, con ese cansancio y paz que invade a los hombres luego de un buen polvo. Él consciente que esta sublime experiencia difícilmente se repetiría y de que sus compañeras de lectura no estaban en busca de cuentos cortos, solo descansaba para volver manos a la obra, o mejor dicho a la crica. Se tomaron un break donde la sed era la orden del día y consumieron agua sin parar. Quien hasta ahora no entendiera por qué los bellacos cargaban toallitas de bebé a todas partes tuvieron la oportunidad de ver su provecho en acción. Cual primates en manada se acicalaron unos a otros.

Lolita era la más joven, la más tímida, y perdonen la forma de expresarlo, la más pendeja, pero la más que había aprendido y en estos momentos, la que se disponía a gozar más. Enav echó a rodar nuevamente la grabación que tenía de fondo *Hotel California* y tomó a Lolita de la mano en su papel de master, guiando a la chica hasta el principio de la mesa, donde la acostó y preparó para que el festín continuara. Rodolfo se arrodilló dándole sus pelotas a lamer, las que ella acepta con mucho gusto entre quejidos, porque el vibrador que hábilmente manejaba la Papaya Mayor ya estaba surtiendo su efecto. Y si a todo eso le añades que una de sus tetas estaba siendo chupada sin cesar mientras la otra recibía mordiditas y chupetones alternadamente es fácil entender por qué la joven sentía que moriría de placer. *La master* le tendió la mano a Rodolfo y lo invitó a penetrar a Lolita. La pinga de Rodolfo entró completa sin ninguna dificultad y Rodolfo inició un frenético mete y saca acompañado de un baileto de sus huevos, nalgas, y un pla, pla, plash, más los gritos de lujuria de Lolita. Enav, entonces, tomó de la mano a Luzmar que lamía los pies a la chica protagonista en esos momentos y la recostó al lado dándole la misma preparación con otro vibrador. En eso Rodolfo se lo sacó a Lolita y esta se le sentó en la cara a Luzmar y ella, bellaca, comenzó a comerse esa crica como si fuera un oasis en el desierto. Las otras chicas le devoraban los senos a Luzmar. *La master* le tendió la mano a Rodolfo que procedió a empujárselo a esta tan duro como a la anterior participante. Así continuaron hasta que tanto Limarís como Mónica y Ana habían sido penetradas por Rodolfo.

Entonces entre todas las chicas, llevaron al altar a *la master* Enav y la prepararon para el último acto de la colación de grados de esa noche. Y una por una fueron penetrando y penetrándose con *la master* con un doble dildo. Y, por último, Rodolfo se montó sobe Enav, y le dio y le dio hasta que con un grito desgarrador se vino embarrando el estómago y llenando el ombligo de leche. Enav, levantándose, mojando su dedo índice en el semen que resbalaba por su escuálido vientre, probándolo y dándole de probar a sus bacantes que fueron lamiendo de su dedo, proclamaba a viva voz:

—¡Coño! Nos graduamos, nos graduamos con honores.

El último acto de lascivia de la noche se dio cuando *la master* recogió con la palma de su mano todo el semen que quedaba sobre su abdomen, embarró su boca, lengua y labios para entonces besar a Rodolfo en medio de un apasionado apretón, justo cuando la grabación llegaba a su final.

V

La pequeña fama

La propaganda del lanzamiento del libro que escribió el club de lectura ¡Qué Papaya! era un festín visual para los entusiastas de lo erótico. Un pasquín con una mujer desnuda, una copa en la mano, y una botella de vino entre sus piernas. La imagen, aunque borrosa, dejaba entrever que la mujer se estaba introduciendo el cuello de la botella y que iba por más. Por cierto, que la silueta tenía un gran parecido a Enav, tanto así que me atrevería a jurar que era ella. El afiche con imágenes, creación de la artista Mendoza, amiga de Rodolfo, también incluía las figuras de varios hombres que yacían de bruces a los pies de la mujer junto a varias botellas de vino descartadas. Las primeras doscientas copias se vendieron junto a muchas botellas de vino el primer día de la oferta. Definitivamente, el trabajo de divulgación y promoción de Enav estaba dando frutos positivos y por supuesto la calidad y realismo mágico del erotismo en la novela facilitaron la labor. Las camisetas y gorras que simulaban una de las candentes escenas de sexo en la Ipnóteca y la frase «Ella se Vino con el Vino perfecto» se vendieron hasta agotarse igual que la obra. Apenas quedaba una docena de las camisetas con el dibujo de un condón que parecía erecto como si estuviera llevando a cabo su función primordial y más deliciosa con la frase:

Me gustas te gusto
Sin condón
no hay *home run*

Pero no todo era miel sobre hojuelas para los protagonistas, nubes borrascosas se cernían sobre los dos inocentes y las ventas de libros no fueron todas a fanáticos de lo erótico. Los esfuerzos de promoción llevaron a la novel pareja de escritores a dar múltiples entrevistas y a salir en la portada de revistas de cultura y en los más diversos programas de chismes de farándula. Una de las presentaciones fue en el programa de un conocido y respetado locutor.

—Hoy nos acompañan en nuestra sección de arte y cultura los escritores del libro más vendido en las últimas semanas en Puerto Rico, y creo que en otras latitudes por igual. Con nosotros, los autores del libro El club de lectores ¡Qué Papaya!, Enavsa Laiv y Rodolfo Gardo Nobler, alias el Guineo Tropical, para los que pido un fuerte aplauso. —Se oye al público aplaudiendo—. Bienvenidos, Enav y Rodolfo.

—Gracias por la invitación —dijeron al unísono los autores.

—Pero qué coordinación—comenta el entrevistador. A lo que Enav añade:

—Son las muchas horas de buen sexo compartidas.

—Después de leer el libro, no lo dudo para nada. Riéndose, ella aclara:

—Realmente son las muchas horas de trabajo en equipo.

—Para el beneficio de quienes no han leído el libro, ¿por qué el título *El club de lectores ¡Qué Papaya!?*

—El título del libro hace referencia al proyecto ¡Qué Papaya! lanzado en el 2012, con el propósito de educar y empoderar a la mujer en el ámbito sexual en todas sus vertientes dentro de una atmósfera de libertad y alegría en el goce sexual.

—Perdona que te interrumpa, ¿cómo llega Rodolfo, obviamente un hombre, a la página ¡Qué Papaya!?

—Ja, ja, permítanme, ahora, interrumpir a mí. Un día navegando en Facebook me tropecé con la página ¡Qué Papaya! En un principio, inocente yo, pensé que era una sección dedicada a una de las frutas tropicales que tanto me gustan, pero resultó ser una página dedicada a la sexualidad de la mujer, que me gusta un tanto más que las frutas y me convertí en fan de la página.

»Yo veo la página como un elemento que educa sobre sexo de una forma amena y sin prejuicios aportando a la lucha en contra del machismo que tanto daño genera a la mujer, pero por igual daña a los hombres; en fin, a la sociedad completa. La página se ha trasformado en un espacio de crecimiento, un ambiente inclusivo donde todos los sexos y géneros son bienvenidos y pueden expandir su sexualidad.

—Eso explica la mitad del título y ¿el resto, El club de Lectores?

—Esa parte surge de una iniciativa dentro de la página principal de ¡Qué Papaya! Hicimos una convocatoria a nuestros seguidor@s para ver quiénes querían ser parte de un grupo de lectura erótica y varios cientos mostraron interés. Luego de algunos contratiempos, incluyendo que el libro seleccionado se había agotado en español, el grupo se redujo como a diez personas. El libro surge, tal y como se explica en la novela, de la interacción por Zoom del pequeño grupo, que al final se comprimió a seis personas, siendo Rodolfo el único varón.

—Ahora, ¿qué les parece si pasamos a algunas preguntas de la red? Zaida Enid, desde Aguada dice: «Saludos compueblano» y pregunta «¿Por qué el libro está firmado por ¡Qué Papaya! y Guineo Tropical y no con sus nombres?».

—Saludos a mi querida compañera del colegio de párvulos en nuestro pueblo natal, de donde los taínos hacían sus canoas. Los seudónimos los usamos en parte para conservar un tanto de nuestra privacidad, pero en el proceso de promoción perdieron su eficacia; aunque en un momento pensamos presentarnos disfrazados de Papaya y Guineo respectivamente.

—Con el calor que hace podrían morir sofocados —comentó el presentador.

—Rodolfo, explícales por qué usaste el seudónimo Guineo Tropical —le alentó Enav.

—Enav ya había considerado crear una página enfocada en la sexualidad del varón y ponderaba llamarla Plátano Tropical. Yo, con temor a defraudar, prefiriendo presentarme como el Guineíto Niño a ser degradado de plátano a platanito. Terminamos con un *happy medium*: Guineo Tropical.

El moderador no tuvo más remedio que reírse a carcajadas.

—¿Ven?, eso, eso era lo que quería evitar —explicó Rodolfo fingiendo cara de enojo.

Y las risas continuaron por un buen rato.

—«CPA anónima. Saludos, profesor, ¿por qué no tocaba estos temas en sus clases?».

Rodolfo, riéndose, contesta:

—Saludos, CPA anónima. Estas entradas, mucho más entretenidas, no estaban en los libros de contabilidad.

—Anónima, en la red, pregunta si el libro lo escribieron a partes iguales. ¿Qué contestan a eso?, ¿fue 50/50 u otra la participación?

—Para ser sincero, yo escribí una novela coherente y completa, pero que no mojaba o se lo paraba a nadie. Enav fue quien le dio el toque realmente erótico y quien más contribuyó a la parte donde la exploración sexual femenina sobresale por lo real, donde cualquier mujer se puede identificar, decir: «sí, pudo acontecer de esa manera».

—Marta de Ponce pregunta: «¿Las escenas de sexo entre el grupo sucedieron?». Marta quiere saber si ustedes se metieron mano tal cual se narra en la novela.

—La novela se basa en hechos reales, pero esos hechos reales son fantasías de los integrantes del club. Discernir qué gestas son reales y cuáles fantasías es parte de la magia de la lectura y cada lector puede decidir por sí mismo —agregó la Papaya Mayor.

—Marta, ¿entendiste lo mismo que yo? ¿O esperamos a las próximas elecciones para la contestación? Yais pregunta: «¿Dónde se puede conseguir el libro?».

—El libro está disponible en casi cualquier librería, excepto en las religiosas, y no por objeción nuestra, online en Amazon ya sea en papel, digital o como audio libro. Y este fin de semana de jueves a domingo estaremos Rodolfo y yo en La Ipnóteca en Altamira compartiendo con el público.

—La Ipnóteca en la calle Medusa es donde acontece quizás el capítulo más caliente de toda la novela.

—Sí, así es.

—Y, ¿ustedes han estado juntos en ese lugar?

—Sí, hemos estado en la Ipnóteca. Es un excelente lugar para degustar vinos.

—Hum, ya veo. Y sí que es un buen lugar para beber o comprar un vino y disfrutarlo en casa, La Ipnóteca en la calle Medusa en Altamira. El restaurante Nam Pla es otro lugar donde los personajes se reúnen.

—En ese lugar nos sentamos a discutir el desarrollo de la novela. Por ejemplo, decidimos que no queríamos mostrar el sexo como pecado a ser castigado, mas que tampoco se tornara en una novela puramente pornográfica, ni rosita. ¡Creo que logramos cierto balance! — explicó Enav.

—Enav, en el sexo «¿qué está permitido y qué no?». Pregunta anónima de por ahí.

—Yo prefiero empezar por decir que todo está permitido, aunque hay límites impuestos. Por ejemplo, en nuestra sociedad del 2021, la edad de consentimiento es a los dieciocho, eso pone un límite legal. No significa que los jóvenes o la naturaleza primigenia esperan a esa edad para comenzar el desarrollo sexual, pero pone un límite claro de la edad en que un adulto puede tener relaciones sexuales con adolescentes.

»Hasta hace poco el sexo anal era ilegal en Puerto Rico y en muchas jurisdicciones de los Estados Unidos era penable con la muerte en el caso del homosexualismo. Y no hablemos de las prácticas religiosas, en muchos lugares las mujeres todavía son apedreadas por no ser vírgenes o por ser infieles. Así que, entre adultos consentidores hábiles para tomar decisiones, yo intuyo pocas restricciones a lo que pueden hacer; no existe solecismo sexual.

—Volviendo a preguntas o comentarios del público. Cristina le pregunta a Enav: «¿El tamaño importa?».

—No es que no importe, pero tampoco es primordial. Si tú me metes un mondadientes, un palillo de fósforo lo más seguro es que no sienta nada. Si hábilmente le frotaras el clítoris a una mujer con la cabeza del palillo te garantizo que no habrá pirómano que te supere en encender ese fuego femenino.

»Los hombres con los que he estado todos han tenido un tamaño apropiado, los estudios dicen que el promedio de un pene erecto es de 14.2 cm o 5.6 pulgadas. Hay un poco de exageración folclórica sobre la importancia del tamaño del pene. Al artista que heredó los cinceles de Miguel Ángel nadie le conoce, solo en películas los tenis de Jordan te transforman en un excepcional jugador de baloncesto. Hay un poco de que no es el instrumento, sino quién lo toca.

—La novela del *Club de Lectores* es eminentemente una novela erótica, pero ¿hay alguna otra pretensión más allá del goce en ella?

—El *carpe diem*, el goce, es definitivamente parte esencial y protagonista en esta novela, pero hay un tema subyacente que está presente en todo momento y es la libertad, requisito indispensable para vivir una vida plena. La tesis que se quiere exponer es que para tener buen sexo hay que hacerlo en libertad, que no basta con despojarse de las ropas; hay que hacerlo de los prejuicios también.

»De hecho, el primer capítulo que se escribió de esta novela es el titulado «Último capítulo con sabor a Papaya». Lo escribió Rodolfo como una alternativa al cierre del primer libro que leímos, donde la protagonista resulta ser una pobre imitación de la mujer que deseamos modelar en ¡Qué Papaya! para el siglo XXI. En nuestro libro no hay mayores desgracias ni castigos para los protagonistas que practican el sexo de una forma libre, pero segura, sin importar si quien lo inicia o lo practica es una mujer.

—En algunas secciones se puede apreciar el uso del símbolo @ para palabras que normalmente se escriben en masculino. Se usa el «todes» por el «todos». Esta práctica es muy criticada por algunos académicos, ¿es esto un acto de rebeldía femenina?

—Podría interpretarse como un acto de rebeldía, pero es un acto de solidaridad. El idioma español es un lenguaje vivo: evoluciona o pasa a lengua muerta. Hace algunos años palabras como jueza o abogada no existían. Si las mujeres u otros géneros, en su lucha para que se les reconozca, para que no las abusen, no las maten, buscando justicia desean usar el símbolo @, o decir «todes», eso a mí no me causa ningún exabrupto. Me temo que los que se escandalizan por eso son de los mismos que cuando muere una mujer arrollada en la madrugada preguntan: «¿Qué hacía esa dama en la calle a esas horas?»; o cuando una mujer es violada: «¿Cómo iba vestida? Lo más seguro de puta».

—Me parece que eso quedó muy claro, definitivamente la novela es muy erótica, pero va más allá del porno. Y seguimos con las preguntas o comentarios del público. Anónimo de Ponce dice: «Rodo fuiste mi mejor amante, nunca te olvidaré». —Rodolfo, rojo como un tomate, no dijo nada, pero la mirada entre él y Enav lo dijo todo.

—Tenemos un caballero, anónimo que pide consejos para poder excitar a su compañera. Y específicamente le pregunta Enav qué puede hacer para excitar a su esposa antes de la penetración porque muchas veces ella no lubrica.

—Presumiendo que no hay problemas de salud de por medio, el hombre tiene que ejecutar la danza o ceremonia de la lluvia.

—¿Nos puedes dar detalles de esa ceremonia? —le pregunta el locutor a Enav.

—Por supuesto, con mucho gusto. La ceremonia consiste en una serie de pasos a seguir que varían de pareja en pareja, cuyo fin es lograr que la mujer en medio de la excitación lubrique el canal vaginal o en otras palabras que se moje. Sin esta condición difícilmente una mujer o un hombre disfruta de la penetración. Es un rezo para despertar a San Bartolino que es la glándula que segrega lubricación.

»Bartolino se encuentra oculto dentro del cuerpo de la mujer, hay que llegar a él indirectamente. Los juegos preliminares son la clave. Hay multiplicidad de cosas que excitan a una mujer, cada cual es única, pero hay algunas cosas en común. Lo primero es la comunicación de la pareja, tu pareja te puede decir qué es lo que le gusta o tú lo vas descubriendo. Algunas gustan de que les cuenten todo lo que les van a hacer, masajes en ciertas áreas, que raramente comienzan en la zona más erógena, besos, caricias en el pelo... Es como una cena de siete entradas, el postre es lo último que se sirve y se come. También es necesario acotar que el sexo no siempre tiene que ser penetración vaginal por un pene.

—Teresa pregunta: «¿Ustedes tienen otras publicaciones ya sean colaboraciones o manuscritos individuales?».

—Yo he publicado varios escritos en la página ¡Qué Papaya! a los que pueden acceder por Facebook o Instagram.

—Teresa, Rodolfo por aquí. Yo he escrito algunas cosas, muy pocas, publicadas en mi muro. A veces logro que como doce amigos le den me gusta a mis escritos. Pero, el éxito más grande que había tenido hasta antes de este libro fue un poema que le escribí a una vecina. Se lo entregué a mano con mi pobre caligrafía y nunca más me volvió a saludar ni al verme al pasar, como si me hubiera convertido en el hombre invisible.

—Pero Rodolfo, ¿cómo usted cataloga eso de un éxito? — pregunta el locutor.

—Lo que pasa es que ese desplante me hizo ver a otras vecinas y concebir otras historias…

—¿Podrías recitarnos algo de ese infame poema?

—Por supuesto, aquí va:

Estimada vecina,
perdone la incompetencia,
no es indigencia,
he olvidado el sustantivo para nombrarle.
Apiádese de este viejo
siga al astro Sol
hacia el oeste,
esquina norte.

Para compensar mi impericia
las musas me han concedido
mil formas de evocarle;
en la mañana usted es
astro celeste que ilumina
de este a oeste,
a mediodía
soplo propicio que lleva naves

a puerto seguro,
en las tardes
primera estrella cósmica que ilumina
Las Brisas de Kendall.

Cuando usted se pasea
por este costado es primavera,
las flores se engalanan,
las frutas son dulces,
las aves cantan.
Cuando usted desfila
sus nobles canes
acompañada por sus jóvenes retoños,
es flautista encantadora,
quien la observa le adora.

Cuando usted no pasa
por esta casa,
Perséfone cautiva,
las estaciones descalabra,
el invierno prevé al otoño,
entonces es esperanza
y este que le escribe
no se importuna
sabe que la fortuna
llegará de una.

—«Rodolfo, eso no está nada mal», me escriben los amigos que están sintonizados, y que tal parece son más amigas que amigos.

—Fue mi manera de decirle que la extrañaba, pero ella tiene que haber entendido otra cosa. ¡Qué es válido! Pues en la literatura la única verdad es la que el lector hace suya a través de su interpretación.

—¿Han considerado llevar la historia a la pantalla grande?

—Pues hemos tenido algunos acercamientos y es posible que algo se dé, no estamos seguros si será cine, teatro o cualquier otro medio —señaló Enav.

—¿Con qué mensaje final quisieran despedirse del público?

—Le cedo el honor a Rodolfo —contestó Enav señalando a su compañero.

—Pues, yo diría que el cuerpo no es pecado, que el sexo no es pecado y sentir o dar placer tampoco lo es. Tomen sus precauciones, tomen vino o su bebida favorita y disfruten al máximo. Siéntanse en libertad de explorar y si se quedan con ganas, repitan.

—Enav y Rodolfo gracias por acompañarnos. A todos nuestros radioescuchas adultos les recomiendo *El club de lectores ¡Qué Papaya!* Ya está disponible en diversos formatos y este domingo pueden pasar por la Ipnóteca a darse una copa con Enav y Rodolfo y llevarse su copia autografiada. La obra está arrasando en las listas de los más, si no leídos, por lo menos, vendidos.

Rodolfo y Enav salieron eufóricos por el buen recibimiento que estaba experimentando el proyecto del libro. Se abrazaron y tomados de la mano, en gesto fraternal, caminaron adentrándose en la Ponce de León. Ella lo invitó a caminar hasta la parada 18 para allí cenar en uno de sus restaurantes favoritos: Nam Pla. Miramar experimenta un renacer. Los grafitis de alta calidad artística, gran cantidad de restaurantes y *food trucks* le recuerdan a Rodolfo el Wynwood de Miami donde el fenómeno de gentrificación se da en toda su extensión.

Miramar más bien podría retomar parte de su antiguo lustre, pero difícilmente volver a ser lo que fue cuando el trolley recorría la Ponce de León y la mansión Georgetti era la casa más suntuosa de todo el Caribe.

El par iba disfrutando de la soleada tarde. Uno de los primeros edificios que capturó la imaginación de los caminantes fue la iglesia gótica y la casa cercana, ambas diseñadas por Antonin Nechodoma, alumno del famoso Frank Loyd Wright, el de La Casa de las Cascadas. Rodolfo bromeó diciendo que cuando Bruce Wayne visita la isla, Batman se hospeda en la torre de la iglesia y Bruce en el Hotel Miramar. Fine Arts lo traslada 30 años atrás, *El Beso de la Mujer Araña* con Raúl Juliá, William Hurt y por supuesto Sonia Braga la reina de la sensualidad de su juventud universitaria. Allí afinó su gusto por los filmes extranjeros y alternativos con sus actores imperfectos, nada parecido a las muñecas de cera de Hollywood.

Ella en cambio evoca al cinema en el edificio del Banco Popular en la Villa de Oro, cómodas butacas y película con vaso de vino a la mano. Unos pasos más, y entraron a Pueblo para comprar unas botellas de vino pues el establecimiento al que se dirigen no había logrado que la burocracia le expidiera la licencia para venta de bebidas alcohólicas, por lo que por el momento no cobraban el descorche. Escogieron una botella de Zinfandel y otra de un espumoso. Esos viñedos de California, ya con más de cien años, y condiciones de crecimiento óptimas resultan en vinos con sabores a miso, caramelo, chocolate, hierbas de garriga y a clavos. Descorchar una buena botella de Zinfandel californiano es como destapar una buena caja de habanos.

Miramar tiene vista al mar, pero caminando por la Ponce de León lo más que se alcanza a ver es la Laguna del Condado al fondo de varias calles que dan a la marginal de la Baldorioty de Castro. En casi cualquier callejón se esconde una joya arquitectónica; los balaústres y otros adornos como un viejo farol de hierro testimonios de una lejana época de suntuosa prosperidad.

Como toda mañana soleada que termina en noche lúgubre, aunque el atardecer haya parecido el más pintoresco a estos amigos tortolitos, se le venían encima los perros de Anubis. Uno de esos perros ya salivaba tras sus pasos, se movía en un auto con tintes negros y un poderoso lente Nikon. Fueron los primeros parroquianos esa tarde. Él entró con un calor que continuó toda la velada porque el aire no lograba ganarle al fogaje tropical. Ella, friolenta por naturaleza estaba muy a gusto; él, luego de la caminata, estaba a punto de desfallecer por el calor. Casi dos años de encierro en su casa por culpa del Covid-19 lo habían dejado vulnerable ante el impecable sol caribeño.

Una vez sentados y con sus copas en la mano, Enav brindó diciendo así:

—Por esta unión que se desborda en creatividad y complicidad. ¡Salud!

—Salud —dijo él con su copa en alto y degustaron del vino.

—Me gustaría que habláramos de lo que pasó. Me siento confundida. Recuerdo poco y sé que no tenía control.

—A mí me preocupaba que tú pensaras que soy un aprovechao. Sé que profesaba cierta atracción por ti desde antes de la primera reunión del club, mezcla de «me gusta esta flaca y su proyecto». Fantaseaba un poco sobre que tú eras la maestra y yo tu estudiante. Luego cuando comencé el proyecto del libro, en un principio, me sentía solo, que a ti ni a ninguna otra de las compañeras le interesaba la idea, pero una vez que te comprometiste con el proyecto a lo anterior le puedes añadir un respeto y admiración profesional.

»No sé si eso es la descripción de un amor maduro. Tú con compañero, yo con más de veinte años de una relación, podría decirse que feliz, no tenía ni pretensiones ni ilusiones de algo más allá de una amistad. Aquella noche era consciente de que estaba reuniéndome con un grupo de mujeres atractivas, todas más jóvenes que yo, maduras y que disfrutaban del sexo sin inhibiciones, aunque no estaba preparado para la loquera que hicimos. No puedo explicar cómo terminamos en una orgía, perdimos el control y nos fuimos a caballo pelao.

—Rodolfo, yo pienso lo mismo. Tu físico no está mal, eres creativo y como dices tú «nerdo» que es lo más que me gusta de ti. Yo que tengo compañero sí he notado la admiración entre nosotros y siento que es mutua. Todo ese tiempo que hemos pasado juntos editando el libro, en entrevistas y charlas lo he disfrutado como nunca. Y al igual que tú no llegué a la reunión con la intención de estar con nadie. Yo no sé qué me pasó o qué nos pasó, pero cuando la cinta empezó a correr yo tenía un calentón cabrón y un deseo incontrolable de coger.

—Exactamente, lo mismo me pasó a mí, un deseo incontrolable de meter y una erección que no se me bajaba con nada.

— ¿Nos habrán puesto algo?

—Pues no sé si en la bebida o en la comida, pero algo raro le pasó al grupo. Yo sé que después del primer asalto tenía una sed inmensa y bebí un montón de agua.

—Yo por igual y creo que las otras chicas bebieron mucha agua también. OMG, yo creo que nos drogaron, pero ¿quién y cómo? —Enav tuvo un momento eureka y recordó algo—. OMG, don Severino me había escrito

Nota de los autores:

Esta página se ha dejado en blanco para si no lo has hecho todavía durante la lectura pues te toques, explores tu cuerpo, mastúrbate si así te apetece. Si tienes pareja y quieres rendirle honor a la icónica figura 69 la pongas en práctica. Esa posición hace que la retroalimentación sea instantánea, que las palabras sean mudas, pero lleguen profundo. Rodo y yo la disfrutamos tanto que la llamamos lluvia de orgasmos y sentimos que nos inmortaliza. El 69 es el símbolo del infinito en carne y hueso.

Con cariño,

Enav

un mensaje de texto citándome a su oficina porque tenía que comunicarme una cosa importante y que tenía algo en su poder para entregarme, que no podía tocar el tema por teléfono. Mira aquí está el texto. —Rodolfo se acerca para ver los mensajes, y Enav continúa diciendo—: Dios mío, no puedo creer que don Severino fuera capaz de algo así, siempre se portó muy caballeroso conmigo y me decía que yo era la hija que nunca tuvo, que ojalá que su hijo y nietos fueran la mitad de ser humano que era yo. —Varias lágrimas rodaron por las mejillas de la atribulada mujer.

Rodolfo sacó un pañuelo y las secó con delicadeza y reconfortándole dijo:

—Enav no, no fue don Severino. Hablando contigo he podido atar cabos sueltos, la que nos drogó fue la cara de pendeja, Lolita.

—Pero… ¿estás seguro? ¿Cómo los sabes?

—Mira esto —dijo Rodolfo desabotonándose la camisa mostrando su cuello lleno de marcas que a leguas se notaba que eran chupones y mordidas de las que las chillas gustan dejarles a sus amantes casados en noches de lujurioso sexo—. Dos días después de la reunión, Lolita me invitó a su apartamento a cenar. Acepté por no ser descortés, ya que ella fue una de las que colaboró en el libro. Al llegar me dio a beber un trago, luego desperté junto a ella con estas marcas sin recordar nada. —La cara de frustración y tribulación de Rodolfo era digna de pena.

Ella, en un gesto solidario, le apretó la mano diciendo:

—Tendremos que hacernos un examen de sangre para detectar enfermedades de transmisión sexual y ver si hay residuos de drogas.

—Sí, y tenemos que hablar con el resto del grupo.

—Y hasta consultar un abogado.

— ¿Qué día te citó don Severino?

—El domingo, el mismo día que murió; dos días después de la reunión.

—¿Sabes de qué murió?

—Supuestamente de un ataque al corazón.

— ¿Habrán hecho autopsia?

—No lo sé. ¿Por qué lo preguntas?

—Es que todo esto es tan raro. No sé —comentó Rodo mientras veía las burbujas ascender y reventar en su copa—. ¿Has hablado con tu compañero?

—No, estoy buscando el momento preciso. Y tú, ¿lo has conversado con tu esposa?

—No, en cuanto regrese a Miami lo haré. No creo que se lo tome muy bien. Estoy asustado, despierto con pesadillas en las que intento hablarle y no encuentro las palabras. Me quedo mudo y ella me tira la ropa y mis libros a la calle bajo un aguacero torrencial que lo arrastra todo. Lo único que logro rescatar es una copia de nuestro libro y entonces el torrente me arrastra a mí también y ahí despierto.

Ya, a punto de salir del restaurante el teléfono de Rodolfo suena.

—Hola, Julliete.

—*Hola Rodolfo. ¡Oye, acaba de suceder un milagro! Se agotaron las cien copias del libro en la Ipnóteca y los clientes lo están solicitando. ¡No tenemos ninguno acá! ¿A ustedes le quedan?*

—Te puse en el altavoz, Enav está conmigo.

—*Hola Enav.*

—Hola.

—O sea que ya vendimos las primeras cien copias del libro —comenta Rodolfo.

—*Sí, eso solo en la Ipnóteca, muchas más en otros establecimientos y las ventas en línea van brutales. El libro experimenta una excelente acogida. Escuché la entrevista que hicieron hoy, me encantó, luego les paso un calendario con nuevas actividades.*

—Nosotros podemos llevar volúmenes adicionales a la Ipnóteca. ¿cierto? —pregunta Rodolfo mirando a Enav, buscando su aprobación.

—Claro, podemos ir directo allá.

—Pero tienen que estar firmadas —advierte Julliete.

—No te preocupes que nos sentamos y las firmamos.

—*Gracias, creo que ya pronto podemos hablar de otra tirada. Linda tarde a ambos.*

—Hasta luego. —Se despidió él de Julliete, para después preguntarle a Enav—: ¿Nos vamos directos a la Ipnóteca?

—Sí, vamo' allá.

VI

Las Pailas del Infierno

Ring, ring, sonaba el celular de Enav.

—Rodo, dame un segundo. Hola, ¿amiga que pasó?

—*Enav, ¿qué haces?*

—Salí de Nam Pla acá en Santurce luego de la entrevista y ahora voy camino pa' la Ipnóteca.

—*¿Andas con Rodolfo?*

—Sí.

—*Si gustas pon el altavoz y dile a Rodolfo que se acerque para que escuchen esta grabación del sermón del hermano Geño esta mañana.*

—Rodo, es Mary, que quiere que escuchemos algo.

—Hola Mary.

—*Hola, escuchen la radiofonía religiosa con el pastor don Geño por el AM de tu radio.*

«Hay un diablo suelto, con nombre de Valentino, un tal Rodolfo que se hace acompañar de una diabla que lleva por nombre, Enav, un nombre hebreo que significa uva. Y esa uva va desgarbada, raquítica, seca, porque ha sido exprimida y solo queda cáscara. Hermanos, ¿qué es para ustedes una cáscara?»

—Un desecho, basura, sobras … —coreó la congregación, una larga lista de epítetos para nada halagüeños.

—Sí, hermanooooos, sí. Algo que descartamos porque no sirrrrrveeeeeee, basuraaaaaa. El diablo que exprime, o uno de los muchos que supongo exprime a la impúdica Enav, la uva que ahora es cáscara, Rodolfo, es el mismo diablo que anda haciendo daño en la tierra desde la gran caída en los principios de los tiempos bíblicos. Mis queridísimos hermanos en el nombre del señor reprendo a ese diablo y a esa cáscara pecadora.

—Amén, aleluya aleluya —responden los espoleados feligreses.

—Sala mayaaaaaaaaaaa. Te reprendo diabolooooooooooo. Ese diablo y esa cáscara han escrito un libro lleno de basura tóxica que si lo dejamos circular por esta bendita tierra como si fuera un merengue o un bolero la furia del Todo Poderoso caerá sobre nosotros. Ese libro, hermanos, deja la historia de Sodoma y Gomorra en pañales. Hermanos, nosotros hemos leído y meditado en el libro de Génesis capítulo 19 desde este púlpito en muchas ocasiones. ¿Por cuántos justos hubiese el Padre Celestial perdonado a esos emporios del mal? ¿A ver quién me dice? Que sea uno de los niños, porque en la escuela dominical también hemos leído esta historia. A ver Rubencito, dime.

—Por diez almas justas —contestó de inmediato el niño de algunos 11 años y la iglesia reventó en aleluyas y amenes que se prolongan por un largo tiempo.

—Hermanos, hasta los niños de la congregación ya conocen el camino y la senda de los justos. Amén.

—Amén, Amén, Amén. —En coro la iglesia completa—. Él es justo.

—Amadísimos hermanos en la fe, en ocasiones me preguntan por qué nuestra iglesia está rodeada de un muro. Y yo contesto que cuando Jesús rey venga por su iglesia, cuando ese momento llegue, como pasóooooooooo en el diluviooooooo todos querrán entrar, todooooooos se arrepentirán, pero entonces será muy tardeeeee.»

Se repiten los Amén y los aleluyas sin parar.

El pastor, en un acto que no parece humano, sube el volumen y tono de voz y con tesitura de castrati le anuncia a su rebaño que esos diablos y su libro se encuentran apenas a varias cuadras del sagrado templo, vendiendo y patrocinando la condenación de las almas en forma de libro.

«—Hermanos ese libro quien lo mira es como la mujer de Lot, mira y se condena a la muerte eternaaaaaa.

Sala mayaaaaaaaaaa. Pecadorrrrr arrepiéntete, arrepiéntete, arrepiéntete y salva tu vida.

—Amén, amén, amén, amén. —Se oye la iglesia en
sinfonía coral.

—La esposa de Lot no es mencionada por nombre
en las sagradas escrituras, y eso es así, porque su nombre
es desobediencia, que no es otra cosa que pecado. Y la
paga al pecado es…

—Muerteeeeee eternaaaaaaaaaaa —responde la
congregación.

—¡No se oye! —grita el pastor—. La paga al pecado es….

—¡Muerte eterna! —vocifera la congregación en
una especie de enajenación colectiva acompañada de
aleluyas y otras frases imposibles de descifrar. En los
pescuezos las venas marcadas, las caras rojas, y saliva
disparada como fuego por el esfuerzo al aclamar a ese
dios vengador.

—Hermanos y hermanas, ustedes se preguntarán
por qué el pastor está como un demente, tan exaltado
en este glorioso domingo del Señor, si libros pecamino-
sos y actos que van contra la palabra del Padre Celestial
son cosas de todos los días. Permítanme que les cuente:
hace unos días yo tuve una revelación en sueños, pero
no parecía yo entender el mensaje. ¿Qué es lo que quería el Padre Celestial de este varón, su siervo? Pero si
algo ha desarrollado este, vuestro pastor, en los años de

caminar bajo la sombra y cobijo del Padre Celestialllll es paciencia y una fe incorruptible.

»Yo me mantuve en oración y alerta sabiendo que el padre aclararía todas mis dudas y guiaría mis pasos. Y en los últimos días me sostuve en oración, separado, ayunando; no yací con mi mujer, evitando cualquier distracción de esas que nos manda Satanás. Porque, ¡oh! amadísimos hermanos, óiganme bien, Lucifer después que lo tiene a usted atrapado en el pecado, sucio de pecado, no invierte su tiempo en hacerlo caer, porque usted ya está sucio. Y sucios, usted no les permite a sus niños sentarse a la mesa, el Padre Celestial ávido de que su rebaño coma y beba tampoco permite que usted se siente en su mesa podrido de pecado.

»Queridísimos hermanos, el diablo va con toda su astucia tras los justos, porque con los condenados ya no le queda nada por hacer, esos ya tienen, según él, reservaciones en el infierno. En esta gloriosa mañana el Todo Poderoso ha despejado toda duda de qué era lo que este siervo debía hacer. El Padre, en sueños, me envió la siguiente visión: Estaba yo ante una gran hoguera y ustedes, mis hermanos, me pasaban algo que yo arrojaba a la hoguera y con cada pieza arrojada al fuego se oía por el lado izquierdo, los gritos de los demonios mientras se abría el mismísimo infierno y caían en la hoguera para sufrir eternamente. El lado derecho, hermanos, ustedes saben que el lado derecho es el benigno, el camino recto, de ese lado iban en júbilo las almas que de la hoguera se habían salvado, las purificadas. Hermanos fue una fogata descomunal, gigantesca y yo sudaba y sudaba, mi cara roja por el calor que la gran pira despedía y los hermanos, ustedes mis hermanos, porque podía yo reconocer las caras de algunos de ustedes, no cejaban de pasarme los materiales que arrojaba yo a la hoguera, hasta que el último demonio fue quemado y las últimas almas salvadas y se oyó una voz que decía: «Estos mis siervos que no se acobardan y siguen mis mandatos, heredarán el reino de los cielos y comerán y beberán junto a mí, con el Hijo más el Espíritu Santo, por los siglos de los siglos, amén».

»Amadísimos hermanos, en esas llevaba este siervo, varios días, buscando la señal del Padre para aclarar cuál era la misión que el Todopoderoso Padre tenía para mí y para su iglesia. Esta mañana mientras conducía, ya próximo aquí al templo me topo con una serie de cartelones haciendo propaganda a un libro que lleva por título *El club de lectores ¡Qué Papaya!* Vean mis hermanos, ese título no presagia a primera vista lo profano y pantanoso que hay bajo sus carátulas o en sus páginas. En la luz antes de doblar para el templo, aquí al lado, en la avenida Altamira, unas jóvenes en ropas menores me hicieron entrega de una hoja suelta donde se informa que hoy en el negocio, aquí cerca, ese el de ventas de licores, comenzaba la venta del susodicho libro que cuenta con 153 páginas.

»Hermanos, ese libro por cada página que usted voltee desata cien mil demonios, suficientes demonios para que la isla grande y sus islotes se vayan todos de cabeza al peor de los infiernos. La Mona, aunque se vistiera de seda, al infierno se iría también. La hoja suelta hacía un resumen del libro y nos indicaba que los primeros cien ejemplares estarían firmados por los autores. Los escritores estarán en el establecimiento para saludar y hasta para darse un vinito y que con los comensales. Hermanos, aquí está la hoja suelta, y no les leo el resumen porque creo que el Padre Celestial podría quemarnos a todos si en su casa resuenan estas abominables palabras describiendo el más inmundo apetito concupiscible. —El pastor mostró un sobre negro sellado que contenía la demoniaca hoja suelta.

»La cantidad de demonios que estaría invocando no tendría fin. Padre, ten misericordia de nosotros. Hermanos recuerden que, por la desobediencia… La expulsión del Paraíso se debió a que Eva le dio de comer a Adam de la fruta prohibida. Hoy esa fruta es la papaya envuelta en hojas de libro pecaminosas y nosotros la vamos a arrojar al fuego para que no la prueben las almas débiles y terminen en las pailas del infierno como tantas legiones de demonios. ¡Sala maya, él tiene el poder! Así que hermanos, la misión que nos ha encomendado el Padre es que no dejemos que esas cien copias autografiadas lleguen a las manos de ninguna alma desventurada. Las vamos a comprar y las lanzaremos a la hoguera purificadora. En el nombre de Dios porque él vive, vive y viene pronto.

—Él viene, él viene, él viene, aleluya. —Se oía la iglesia entera, y continuaron con sus aleluyas—. Aleluya, aleluya.

—Hermanos, ¿dónde están los diáconos? Vamos a hacer una recolecta especial para comprar las cien copias autografiadas por el diávolo Rodolfo y la demonia Enav para arrojarlas a la hoguera purificadora, tal cual me lo reveló el Padre, salvando las almas de miles de hijos de esta bendita isla que ya no aguanta más pecado. ¿Quién dice amén a la tarea del Señor?

—Amén, aleluya, aleluya, ale, ale, aleluya, suyo es el poder. —No cesaba la iglesia eufórica en una vitorearía que parecía no tener final.

—Hermanos esos son sobre mil millones de demonios que se van a las pailas del infierno hoy, y miles de almas que se salvan porque no caerán en tentación con ese heraldo del mal que es el libro que vamos a sanear en la hoguera curativa. Oiga, mientras los diáconos pasan la canasta escuchen bien las instrucciones que me ha dado el Padre porque de esto depende vuestras vidas. Yo voy a llamar a diez de nuestros más puros y leales ancianos, leales al Padre. Cada uno de los elegidos entrará y tomará diez de los libros demoniacos y así agotaremos las cien copias autografiadas que pretenden vender.

»Yo las voy a pagar con la ofrenda especial que estamos recogiendo. Y escuchen muy bien lo que les estoy indicando: ni yo, ni los diez ancianos, ni ninguno de ustedes mirará los libros; todos y cada uno de nosotros en oración y comunión desde que salgamos del templo en caravana hasta la cloaca. Una vez allá los diez ancianos y yo entraremos al negocio, cada anciano tomará diez libros, yo pagaré por ellos. Y repito, sin mirar ni la carátula, ni la propaganda en el interior de la tienda; entraremos, tomaremos los libros sin mirarlos, pagaremos, saldremos, encenderemos la hoguera y quemaremos los libros mientras alabamos al Padre Celestial.

»Hermanos, la curiosidad les hará preguntarse por qué no se puede mirar. Pues aquí les recuerdo de nuevo a la esposa de Lot: la desobediencia. Usted quiere ser salvo, siga los mandamientos del Padre sin cuestionarlos. El que mire ese libro estará mirando al maligno cara a cara y solo un alma pura e inmaculada es capaz de hacer eso sin titubear. Esos solo son el Padre, el Hijo y el Espíritu Santo. Si usted quiere ser salvo, obedezca al Señor y no se voltee a mirar ni haga ningún intento de ver de reojo, porque hermanos mirar al diablo a la cara es casi seguro muerte eterna para usted, pregúntenle a la mujer de Lot. ¿Ya terminó la colecta?, vengan los diáconos. Dígame, hermano, ¿cuánto se recolectó?

—Mil trecientos cincuenta dólares.

—Estamos cortos, necesitamos en total mil quinientos dólares, ese fue el número que Dios me reveló en sueños y a ese número debemos llegar. ¿A qué alma piadosa le tocará el poderosísimo el corazón para que su bolsillo se abra como los muros de Jericó? Alábalo, alábalo.

—Aleluya, aleluya, aleluya —responde la iglesia.

—Él viene, él viene, él viene prontooooooo.

Tres hermanos se levantaron cada uno con cincuenta dólares y se completó la ofrenda especial.

—El Padre, el Hijo, y el Espíritu Santo caminaban con los tres hermanos. ¿Quién más vio el glorioso reflejo que acompañó a estos hermanos? Dios se alegra del dador alegre y como a Job, sus bienes serán multiplicados. La gloria es del Padre. Padre, tu palabra es ley para estos tus siervos. Nos despedimos en oración, salimos en caravana a cumplir tus órdenes, te pido que nos acompañes, envía a tu Hijo, al Espíritu Santo y al arcángel Miguel para que nos protejan y nos guíen en esta misión. «El Señor es mi fortaleza y mi canción; él ha sido mi salvación... El Señor es un guerrero. ¡El Señor es su nombre!».[1]

En caravana salieron de la iglesia, deteniéndose primero en una estación de gasolina donde compraron un galón de combustible, continuando hasta la Ipnóteca.

Al llegar los rótulos que anunciaban la venta eran visibles y el pastor les pidió a los hermanos y hermanas que se mantuvieran en comunión y oración mientras él y los diez ancianos entraban a comprar los cien libros. En una marcha solemne y mirando al cielo salieron con

---

1   Éxodo, 15:2-3.

los cien volúmenes que compraron libre de impuestos al pastor presentar la documentación necesaria. En el estacionamiento hicieron un círculo y los ancianos arrojaron los libros en una pila que pronto fue rociada con gasolina y no tardó en arder cuando el pastor arrojó una antorcha previamente encendida.

—En nombre de Jesucristo los ato, los echo directo a las pailas del infierno demonios inmundos. Fuera, fuera, fuera, ardan todas las legiones demoniacas contenidas en estos libros por el poder de la sangre derramaadaaaaa por Cristo, te lo ordeno en nombre del Padre Todopoderoso. Aleluya, aleluya.

—Siente el poder.

—Siente el poder

—Si ya macala zumacal ya, UYYYYYY…

—Mi alma te alaba, Señor.

—Aleluya, santo solo eres tú Señor, Asaa matia sala. Ese Rodolfo es hijo del diablo. ¿A su nombre?

—Gloria.

— A su nombre…

—Gloria.

—Y viene, ya.

— Y viene, ya, se mueve, está vivo. Alábalo que el viveeee.

—Diablos y diablas arrepiéntanse o ardan en las pailas del infierno. Alábalo, alábaloooooo, que él vive. Recibe, recibe, ahora, recibe poder del cielo. Isa, sala mala mi alma te alaba Dios. Aleluya, Santo Jesús, Santo solo Jesús, amén Señor. Pon tu palabra en mi boca Padre.

—Salva a los católicos romanos, a los homosexuales y todo aquel cuya vida esté opacada por la lujuria.

—Ten misericordia de tu pueblo.

—Dame la palabra en el nombre de Jesucristo, yo te pido.

—Mi alma te alaba o mi Dios, aleluya.

—Amados hermanos y queridos amigos. ¡Oh!, gloria.

—Dice la Biblia que los pecadores idolatras católicos, bautistas, metodistas muertos, presbiterianos luteranos, la nueva era, los Testigos de Jehová todos van derechito pa' las pailas del infierno.

—La paga del pecado es muerte, muerteee, óiganlo bien, mis hermanos. Pero los justos de corazón serán salvos. Mi alma te alaba, mi alma te glorifica.

Los bomberos y policías que llegaron al lugar del siniestro, donde el fuego acabó con los libros se unieron en oración al muy conocido y carismático pastor obviando la infracción de cualquier ley por el grupo de religiosos.

Para cuando Rodolfo y Enav llegaron a la Ipnóteca quedaba un pequeño grupo de mujeres en el estacionamiento y las cenizas de los libros incinerados. Rodolfo miraba con consumada curiosidad a las mujeres, que a pesar del calor y sol reinantes estaban vestidas con negras faldas que les llegaban a los tobillos y que, en muchos casos, se adivinaba, por los sucios bordes, que arrastraban por el piso. Agitando efusivamente su mano en alto, les dio las buenas tardes.

—No me digas que también te gustan las pentecostales.

—Pues mira que alguno de los polvos más memorables que he tenido el placer de disfrutar fue con hermanas caídas en pecado. El fuego del infierno parece metérsele entre las patas a esas hermanas. Te apuesto que varias van a comprar el libro, a masturbarse leyéndolo y a fantasear con amantes con genitales como los detallados en Ezequiel 23:20.

—Como diría el hermano Geño: ¡Eres un diablo y te vas a quemar en las pailas del infiernooooooo! No sé qué carajos dice en el versículo, pero de seguro es una barbaridad.

—Esta noche, cuando digas tus oraciones, búscalo, léelo y verás el formidable sueño mojado que tendrás. Y perdona que te corrija, pero no se dice pentecostal, es vente-a-costar.

—No... Tiene que haber un pedazo de infierno peor que las pailas, pa' enviarte directo, de cabeza.

VII
El escándalo jode, pero vende

"There is only one thing in the world worse than being talked about, and that is not being talked about."

Lord Henry en The Portrait of Dorian Gray,
por Oscar Wilde.

Los resultados de los ETS, negativos, los recibieron con júbilo todos los integrantes del club de lectura. Les hacía falta esa pequeña victoria porque lo que se les venía encima no era fácil. Enav y Rodolfo fueron a la policía poco después de su reunión en Nam Pla y presentaron una denuncia luego de consultar con el licenciado Campiña. Los análisis de sangre habían dado positivo a varias drogas entre ellas éxtasis y a sinedafilo, el ingrediente activo de la viagra.

En fin, eran buenas noticias, pues explicaba el desenfreno que invadió al grupo. La policía había podido entrevistar a todos los integrantes del club de lectura que participaron en la reunión en la Ipnóteca, excepto a Lolita, que estaba fuera del país. Se había presentado un recurso ante el tribunal para exhumar el cadáver de don Severino que, por insistencia de su viuda, no fue cremado como se había empeñado su hijo. Se sospechaba que él también ingirió del coctel de drogas y su débil corazón no lo soportó. La botella que Rodolfo había guardado como recuerdo de la velada sirvió para establecer inequívocamente que las drogas las habían colocado en las bebidas.

Esa noche Enav recibió varias llamadas de un número bloqueado, que según su costumbre no contestó. Entonces le entró un mensaje por Facebook donde le informaban que le convenía contestar si no quería que publicaran un video pornográfico de ella. Enav que no era fácil de amedrentar y recordando que la detective a cargo de la investigación le entregó una tarjeta con su número de celular, la buscó y le marcó.

—*Buenas noches, habla la agente Rivera. ¿En qué le puedo ayudar?*

—Hola, Rivera, perdone que le moleste tan tarde. Soy Enav, la del caso de la Ipnóteca.

—*Sí, dígame.*

—Es que me están llamando de un número bloqueado y no respondí. Pero me escribieron por mensaje de texto que si no contesto van a publicar un video pornográfico donde yo aparezco.

—*Enav, ¿el número tuyo es el celular que yo tengo, que termina en 68?*

—Sí, ese mismo.

—*Escríbeles diciendo que tienes visita, no puedes hablar de inmediato, que te llamen en 30 minutos, que no hagan nada hasta que se comuniquen contigo. Necesito ese tiempo para ver si podemos rastrear la llamada. Tengo que llamar al agente del FBI.*

—Bien, gracias. Contesto ahora.

—*¿Usted está en su casa? ¿Está sola o acompañada?*

—Estoy sola en casa, pero llamaré un amigo para que venga a acompañarme.

—*Voy a enviar a un policía para allá ahora mismo. Asegúrese de cerrar bien la puerta. No creo que vaya a pasar nada, pero es mejor tomar precauciones que tener que lamentar. ¿Cuál es el nombre de su amigo? Es para que el oficial que va a estar apostado frente a su casa lo pueda identificar y lo deje pasar sin problemas.*

—Rodolfo es su nombre. Gracias, ojalá que todos los policías fueran tan diligentes como usted —dijo Enav despidiéndose de la oficial Rivera.

Una vez finalizada la llamada con la detective, Enav se dispuso a llamar a Rodolfo.

—Hola, Rodo.

—*Hola, ¿cómo estás? ¿Pasa algo?* —preguntó Rodolfo, extrañado por lo tarde de la llamada.

—Pues sí. Me acaban de llamar y me escribieron, parece que alguien tiene un video de lo que pasó en la Ipnóteca y quieren que yo conteste una llamada de un número bloqueado, supongo que para extorsionarme. Ya me comuniqué con la agente a cargo del caso.

—*Guao. ¿Dónde estás?*

—En casa.

—*¿Quieres que llegue allá?*

—Por favor, no quiero estar sola. Es posible que manden un policía, pero prefiero estar con alguien de mi confianza.

—*Salgo para allá ahora mismo. Estaré allí en unos 25 minutos.*

—Te espero. Rodo, gracias.

—*No es nada y es todo, llego pronto.*

Lo único que Rodo se aseguró de llevar fue la Taurus G2, cargada y con una bala en la recámara y un segundo peine para un total de 25 balas. Cuando Rodolfo llegó eran las 11.15 p. m., Enav hablaba con el policía coordinando para interceptar la llamada telefónica. Estaba a la espera de que la volvieran a llamar.

La temida llamada entró y Enav contestó. A instancias del agente, Enav prolongó la conversación lo más que pudo, para dar tiempo a que la llamada fuera rastreada. La persona que llamó usó un dispositivo para distorsionar su voz exigiendo cien mil dólares a cambio de no divulgar un video de la orgía que tuvo lugar en la Ipnóteca. De acuerdo con las instrucciones de los expertos, ella accedió a la demanda, pero pidió quince días para conseguir el dinero de manera que la policía tuviera más tiempo para localizar y apresar al criminal.

Luego de que la agente Rivera se retirara, Enav invitó a Rodo a meditar y practicar al menos los primeros cuatro pasos de Raja Yoga. Las posiciones las modificaron para hacerlas en pareja. Al final, relajados, continuaron explorando sus cuerpos hasta que ella memorizó las cinco cicatrices en su mano izquierda, dos sobre la punta del dedo del corazón y siendo diestro no tenía ninguna en su mano derecha. Él mostraba lúnulas solamente en las uñas de los dedos pulgar e índice de ambas manos.

Las lúnulas visibles eran pequeñas, señal según la medicina alternativa china de una enfermedad que ella no podía recordar pero que más tarde constataría. Un dato curioso sobre Rodolfo era que, como tantos puertorriqueños, tenía un lunar de esos que en Puerto Rico llaman la mancha de plátano, pero en este caso le cubría el lado derecho de su escroto y parte de la base de su pene. Literalmente tenía la mancha de plátano en el plátano.

Esa noche más que tener sexo hicieron el amor hasta la madrugada, se acostaron con el canto del gallo. Ese crepúsculo fue muy íntimo; tan especial que la mayoría de las cosas no sucedieron en sus cuerpos. La complicidad, confabulación sagrada que debe existir entre todos los amantes, se dio esa noche. Enav, vitalidad amazónica, ejecutó tres vueltas de helicóptero sobre el maduro cincuentón. Esa aventura aeronáutica la elevó sobre todos los puntos cardinales, de norte a oeste, de oeste a sur, al este y terminando nuevamente al norte. Completó 360 grados en tres ocasiones, en contra y a favor de las manecillas del reloj. De más está decir que la flexibilidad de Enav fue trascendental para las maniobras realizadas. Él solamente pudo describir la sensación como si alguien fuera capaz de introducir la mano dentro de la vagina y masturbarle mientras él penetraba.

En resumen, la combinación de los estremecimientos de una paja a mano, bien hecha, más las conmociones de una rica penetración vaginal. El segundo polvo de esa noche también lo comandó la mujer. Todo comenzó con ella a horcajadas, rozando contra su clítoris el pene semirrecto. En el momento en que él inició un movimiento de cadera que hubiera resultado en una inmediata y profunda penetración ella lo detuvo.

—No te muevas, déjame controlarlo todo yo.

Él accedió, y ella se dedicó entonces a recorrer su cuerpo dándole un masaje desde los omoplatos hasta el coxis, para luego hacerlo desde las axilas hasta las caderas. Enav se pegó como una ventosa a su cuerpo inclinada hacia el lado izquierdo de él, que descansaba la cabeza sobre la almohada. Esta posición hacía que, al acariciarle, él sintiera y pudiera ver las separaciones de su costillar, un seno que ricamente frotaba sobre su pecho con cada movimiento de ella. También la axila izquierda femenina quedaba lo suficientemente cercana a su rostro como para que pudiera olfatear su esencia femenina incorrupta. Esa postura no le permitía al otro ver el rostro de su amado amante, pero aumentaba la fricción sobre el clítoris y el calor que se trasmitía entre los cuerpos circulaba casi sin escape entre ellos.

Como el énfasis de ella era en frotar su clítoris, la penetración fue más delicada lo que hizo que él no sintiera ninguna urgencia de vaciarse hasta que ella ya perdida en su orgasmo, convulsionado, cambiando el énfasis a que la carne que ocupaba su canal vaginal llegara lo más profundo que le fuera posible para retirarla y volverla a entrar en acelerados movimientos. No fue hasta ese instante que él ya también en el proceso orgásmico le impartió movimientos cortos pero salvajes a sus caderas hasta venirse junto a ella.

En esa posición, sin verse a la cara permanecieron unos minutos, cuando ella se despegó el pene y escroto estaban encharcados de los jugos de ambos y un abundante chorro de semen cayó un poco más abajo del ombligo de él, al ella ponerse en pie. Entonces ella lo besó tiernamente en los labios y permaneció sobre su pecho quedándose ambos dormidos.

Al levantarse y observar a Rodolfo orinando le reveló a Enav muchos detalles de la personalidad de este hombre, tan distinto a cualquier otro compañero de ella o de sus amigas más íntimas. Que levantara la tapa para no orinarla no le resultaba una costumbre nueva a ella; de hecho, esa era una de las misiones incompletas en la vida de su madre y no se limitaba a sus hermanos, sino que abarcaba a su padre también.

Rodo tenía una especie de ritual: primero desprendía un pedazo de papel higiénico, y con él levantaba el descanso de las posaderas y lo arrojaba a la taza del inodoro; luego se desabotonaba el pantalón, bajaba la cremallera y el pantaloncillo y entonces sacaba el pajarillo y orinaba. Al terminar, no se sacudía el bicho, sino que tomaba otro pedazo de papel y lo secaba como si estuviera arrullándole, con la delicadeza de una madre al limpiar la boca de su bebé al alimentarlo. No había ninguna de esas sacudidas bruscas de la mayoría de los hombres al terminar de hacer pis.

Además, otra cosa, tan bien desagradable, que se podía observar con cierta frecuencia —sobre todo en hombres de más de cuarenta— era la mancha de orín en el pantalón al salir del baño; eso a Rodo nunca le sucedía. Con la edad la presión de la orina al salir disminuye y por lo tanto es normal que sigan saliendo gotas después de que el flujo regular haya terminado. Eso Rodo lo solucionaba al secar cuidadosamente durante algunos segundos la apertura de la uretra al terminar de orinar.

Al finalizar, dejaba las cosas en su lugar original, incluyendo la tapa para las sentaderas y terminaba lavándose las manos meticulosamente. De las cosas desagradables con las que ella había tenido que lidiar incluía a los que no levantaban la tapa y la meaban, los que la levantaban, pero no la devolvían a su postura original y, por supuesto, los muchos con mala puntería, que meaban más en el piso que dentro de la taza del inodoro. Por último, la aberración mayor, el pecado capital en su manual de etiqueta para seleccionar pareja: los que no se lavaban las manos luego de hacer sus necesidades.

En general Rodo tenía rituales litúrgicos para todo lo relacionado a la limpieza, como lavarse la boca después de cada comida, lo que podía resultar en más de cinco lavadas por día. Y eso sin contar las veces que usaba hilo dental. Este hombre típicamente se bañaba tres veces por día y se lavaba el pelo todos los días. El lugar que Rodo habitara lo aseaba todos los soles y eso incluía barrer, mapear y pasar aspiradora. En una madrugada terminaron en la sala de emergencia por que Rodo sentía una cucaracha caminándole por el oído. Luego de un riguroso examen el veredicto del médico fue que el área estaba tan limpia, aséptica que se había resecado todo el interior del tímpano. Lo que Rodo sentía y oía era su piel tan reseca que parecía que un animal raspaba sus garras contra un papel de lija. El santo remedio para la dolencia fue disminuir la frecuencia de la limpieza de los oídos.

Lo realmente sorprendente de este hombre es que a pesar de que su gusto por la limpieza rayaba en lo patológico al momento de tener relaciones sexuales nada lo detenía. Claro, Enav era una mujer limpia, pero cualquiera que conociera los hábitos de aseo de Rodolfo esperaría tiquismiquis de este al momento de acercarse a otro cuerpo. Rodolfo asumía el cuerpo en acto sexual con el mismo deleite de quien come jueyes hervidos directo en caparazón, sin consideraciones escatológicas, ni de sangrado o de olores ásperos. Esta comparación solo podrá entenderla el que haya comido jueyes sancochados con panas y pique.

A pesar de las negociaciones con él o la extorsionista, una semana después de la conversación que tuvo Enav con el criminal un programa de chismes hizo el siguiente anuncio:

«Acepten las verdades, dejen de hacer el ridículo. Vamos al chisme, agárrense bien, tengo información exclusiva, *too much*, ya saben quédate con Tino *Too Much*. Sufran arpías, qué lindo estoy. Les tengo un video para el próximo programa de unos escritores, pero esa gente más que escritores parecen actores porno.

Me informan que en una reunión que hubo en un conocido local de ventas de licores se dio lo que en Francia llaman partouzes, pero que aquí en Puerto Rico, en español llamamos orgía. Vengo en el próximo programa con el video que producción está editando porque es *too much* para la televisión, pero por eso mismo es que lo vas a ver aquí. Y no lo presento completo porque nos cierran el canal, y me meten preso a mí. ¡Uy, dios mío!, como sufriría yo, que en las mañanas me gustan los huevos hervidos, bien duros.

Es cuestión de tiempo para que salga en internet, pero lo vas a ver primero por aquí. Está mejor que el de Kim Kardashian y es un boricua el que reparte salchichón sin parar. Nene, llámame si te interesa un poco de esto, producción, por favor enfóquenme de perfil para que el adonis me vea bien. Yo no sé qué se metió ese niño, porque mira que repartió a diestra y siniestra, ¡uy! Dios mío, se me para, el pelo, solo de pensarlo. Y que está madurito, no es un jovencito. Eso es para la semana que viene, chau, nos vemos.»

No pasaron ni 24 horas cuando ya se había vuelto viral el video de la orgía del club de lectores ¡Qué Papaya! A Rodolfo no le quedó más remedio que llamar a su esposa.

—*Dime que no eres tú el que está en el video.*

—Lamentablemente, soy yo.

—*No esperaba algo así de ti. Y tener que enterarme por Facebook y medio mundo llamándome.*

—Amor, no es lo que parece, el grupo completo fue drogado. No te había dicho nada porque quería decírtelo cara a cara, mañana en cuanto llegara a la casa.

—*Esto pasó por ponerte a escribir el maldito libro ese y juntarte con esas putas.*

—Mañana podemos aclarar mejor las cosas. Pero para que sepas, la policía y hasta el FBI están investigando porque hay un intento de extorsión.

—*Mañana no nos vamos a ver, para acá no te atrevas a venir, si tocas a la puerta llamo a la policía.*

—Pero Marta, no hagas esto más difícil de lo que es ya.

—*Para acá no te atrevas a venir y punto. No quiero seguir hablando contigo ya tú me habías hecho unas cuantas, pero esto es la gota que derramó el vaso. Esto yo no te lo voy a perdonar.*

Marta cortó la llamada abruptamente dejando a Rodolfo en total desolación, habiendo confirmado sus sospechas en cuanto a la reacción que temía de su esposa.

Por supuesto, las ventas del libro —que no andaban nada mal— se dispararon. En menos de 24 horas hubo diez mil descargas en formato electrónico y las copias en papel se agotaron por completo rápidamente.

VIII
Cita para dos, ¿o tres?

La pareja, yunta por accidente, había decidido regalarse un rato alejados de fotógrafos y entrevistas; en fin, lejos del ojo público y los escándalos. La lluvia de las perseidas era la excusa perfecta para pasar un rato mágico e íntimo.

Rodolfo guardaba incontables impresiones de la primera vez que realmente hizo el amor con Enav; cada neutrón, átomo, célula de su cuerpo en medio de la mitosis o de la apódosis se encadenan para darle existencia a su rostro y, por separado o en unión, gritar «¡Métemelo, métemelo! ¡Que estoy bellaca!». Pero eran sus ojos los que más fuerte lo gritaban: «Hazme el amor, hazme venir, a cambio te haré morir un instante y renacer una y mil veces más, aunque sea en recurrente y sádica memoria. Nuestro orgasmo quedará grabado en tu piel, lo esculpiré con mis uñas en tus espaldas, con mis dientes en tu garganta, mis labios lo dibujarán en tu boca, mi lengua en el interior de tus labios, encías y hasta en tus dientes. Beberás de mi fuente, mis líquidos te penetrarán, incorporándose a ti y hasta en el frío sudor de pesadillas nocturnas volveré a resbalar por tu piel».

Él podía resistirlo todo menos la tentación de convertirse en esclavo de los delirios sexuales de ella. Ordinariamente Rodolfo tenía buen aguante, eso hasta que se iniciaban los gritos de loba en celo. Cuando eso sucedía, él sencillamente se corría cómo adolescente. En más de una ocasión trató de sofocar los aullidos con una mano, para entonces terminar explotando incontrolablemente por los mordiscos cuyas marcas le quedaron como una estampa para toda la vida en su mano derecha.

—Rodo este lunes, 11 de agosto, la lluvia de meteoros, las perseidas tienen su pico. ¿Te animas a retratarlas conmigo?

—Suena super interesante. ¿Dónde sería?

—En Puerto Rico hay pocos lugares donde la contaminación lumínica permita tomar buenas fotos del cielo nocturno. El mejor lugar es la Playa Larga en Culebra.

—Pues no se diga más, a Culebra Larga es que es.

—Ja, ja, payaso, a Culebra. Nos podemos ir en el *ferry*.

—O en avión, ¿no?

—Me gusta más por mar. Sé nadar, pero no sé volar.

—Ja, ja, ja yo también sé nadar, si supiera volar no hubiera cogido tantos cantazos de niño.

—¿Eras travieso?

—Travieso no, más bien inquieto.

—Ja, ja, ja.

—No sé si recuerdas, o si has oído de Karl Wallenda, el tipo que caminaba en la cuerda floja y murió en San Juan o Carolina, cruzando desde el Conrad sobre la avenida del Condado. Yo cumplí 11 años a los pocos días de la muerte de Wallenda y para celebrar se me ocurrió caminar sobre los alambres de púas de una verja de ciclón que había en mi escuela.

»Éramos como cinco mozalbetes, el peso hizo que los alambres cedieran y yo terminé azotando el piso con mi cara y las piernas colgando y trabadas en alambre de púas. Los amigos me abandonaron, todos menos Pascual que me desenredó y como hacíamos con todos los heridos en esa época, me llevó a la oficina del director. Mi madre me recogió y me llevó al hospital militar en la base naval Roosevelt Roads. Terminé con varios puntos en la cara y una venda por dos costillas rotas.

—Vaya, vaya, pero qué trapecista. Creo que hay una canción y hasta un chiste que hace referencia al suceso.

—A Wallenda, espero que no a mí.

—Pero qué presumido eres.

—Y no acaba ahí. Ves esta pequeña cicatriz —dijo él acercándose para que ella pudiera apreciar la pequeña marca en su mejilla.

—Sí.

—A las dos semanas la inflamación en la cara no cejaba. Pero por fortuna en una pelea con mi hermano este me dio un cantazo en el rostro y de la herida comenzó a salir pus, mi madre me sentó y apretó la herida sacando un líquido abundante que parecía un mar verde pestilente junto a un pedazo de madera como de una pulgada. Luego de eso mi cara sanó.

—¡Pobre madre!, qué nervios.

—Parió seis y fue enfermera en el hospital de psiquiatría de Centro Médico cuando la lobotomía y los electroshocks eran más utilizados que la aspirina.

—No jodas.

—Mi mamá me decía que un escritor que narró la persecución de unos perros a un penco viejo se inspiró en los cantazos eléctricos que recibió en el hospital de Psiquiatría para describir la tortura que supuso el que los perros descarnaran en vida al pobre caballo. La lobotomía era todavía más sencilla y efectiva.

—¿Y qué es eso? —preguntó Enav asiéndose la tonta y contestándose ella misma. Un tratamiento con lobos.

—El procedimiento se llevaba a cabo introduciendo una especie de destornillador o picahielo, martillando, apenas sobre el conducto lagrimal y se movía hasta cortar las conexiones entre el lóbulo frontal y el resto del cerebro.

—¡Uy, quédate callau'! ¡Qué barbaridad!

—Al que se lo hacían no molestaba nunca más. Pero, volviendo a Wallenda, en el 2011 el bisnieto completó el trayecto donde murió su ancestro, su madre, nieta de Karl, le acompañó.

—Muy interesante, me avisas cuando vayas a completar el tramo sobre la verja.

—No gracias, ya senté cabeza y no tomo riesgos innecesarios.

—No suenas convincente, pero si tú lo dices… Oye, por cierto, busqué el pasaje de Ezequiel. Eres un maldito, siendo ateo, ¿cómo sabes tanto de la Biblia?

—Por leer la Biblia es que soy ateo. Ya no creía en varios miles de dioses, solo añadí uno más a la lista.

— Ya lo dije, vas para las pailas del infiernooooooooo —dijo riendo Enav.

A los pocos días Enav llama a Rodo para ponerlo al día respecto a la aventura cosmo-fotográfica.

—Rodo, por culpa de la tormenta Fred, y dado que tú eres un viejito precavido, no debemos ir a Culebra, aunque te tengo una segunda opción, sé que te gustará.

—Dime.

—El cañón Blanco en Utuado.

—Oh, eso es casi el patio de mi casa.

—Lo sé. Este punto creo que será mejor que el faro en Cabo Rojo porque allí hay que retratar mirando hacia el mar con la luz de la isla de espaldas. El radiante de las Perseidas las coloca sobre la isla grande por lo que para hacer buenas fotos hay que enfocar hacia donde está toda la luz, así que vamos al Cañón Blanco.

—Pues para Caonillas vamos en mi Jeepeta.

—¿Ese armatroste?, nos va a dejar a pie.

—Te garantizo que no nos deja a pie, yo le mandé a reparar el motor.

—Pero si no tiene ni capota. ¿Qué tal que llueva?

—Si llueve, pues que encampe. Y si cae un chubasco en el cañón cuando estés tomando fotos. ¿Qué carajos haces?

—Me pongo una capa.

—Pues ya sabes lo que tienes que hacer si no te quieres mojar. Yo te tengo una condición para ir a fotografiar perseidas contigo.

—Ah, ¿te me estás poniendo difícil porque te crees que echamos un buen polvo?

—Pues no, lo que quiero es que el próximo sea mejor.

—Esa es la meta. ¿Cuál es la condición?

—Lo que quiero es que tomes fotos de mi cara con el lente que está entre tus piernas con la apertura al máximo y a lenta exposición.

—Bobalicón, la cámara tomará las fotos en automático durante toda la noche, ¿qué piensas que vamos a hacer nosotros? No va a haber un píxel de mi crikón que no te plasme en esa cara. Si los jugos vaginales borran arrugas, yo seré tu bótox natural.

—Tenemos un trato —contestó él, pensando en lo bien que lo iban a pasar.

El trayecto desde Cupey hasta Arecibo en el todo-terreno, de transmisión manual, no descapotable, sino sin capota, fue memorable. Un cielo azul de fondo, tránsito liviano que permitió avanzar a un ritmo que se prestaba para la contemplación y la buena conversación. Una vez en ruta hacia Utuado después de tomar la salida #75B el verdor se hace más intenso y el cielo más azul. Esa carretera, la #10, parece que se va a empotrar en las mismas entrañas de la tierra.

El agua brota a la orilla y trota ladera abajo infinitamente, como si al cortar la piedra caliza hubiesen cercenado las venas de algún gigante mitológico. De camino Enav, para practicar, puso su mano sobre la palanca de los cambios para que Rodolfo con la suya le fuera enseñando a tirar los mismos. Luego ella comenzó a practicar por su cuenta con la palanca de él que apenas podía despegar los ojos de la tortuosa carretera.

—Ahora solo falta que me enseñes a meter el 4x4.

—Eso te lo enseño cuando vayamos a sacar fango —contestó él con una sonrisa maliciosa.

—No sabes lo mucho que me gusta que me saquen el fango en cuatro.

Así, entre bromas y roces llegaron al estacionamiento y comenzaron a bajar el equipaje. En eso se acerca una mujer en un auto y pregunta si se podía guiar más cerca de la piedra El Sofá.

Rodo la orienta diciéndole:

—Sí, pero hay que caminar monte adentro y abrirse paso a machete. ¿Usted sola? No es buena idea. Este es el estacionamiento para visitantes, hay más gente caminando en el trayecto, en caso de un resbalón habría quien le pudiera ayudar.

—Ok, ¿pero hay que caminar mucho?

—No es tanto, si deseas puedes hacer el trayecto en nuestra compañía que llegamos bastante cerca a tu destino —ofreció Enav la ayuda en nombre de los dos.

—¿Ustedes son fotógrafos?

—No, aquí hay una fotógrafa, yo solo cargo equipo.

—Mujeres al poder, ja, ja, ja. Me estaciono y me uno a ustedes.

El trío caminó vereda abajo, luego río arriba, Enav y Rodolfo se despidieron de la turista que todavía tenía unos quince minutos de camino y procedieron a montar su campamento. Unas dos horas después volvió a aparecer la chica del estacionamiento.

—Hola de nuevo. ¿Saben dónde me puedo bañar que no sea peligroso?

—En esa pocita de allá la gente se baña.

—Oh, gracias. ¿Puedo dejar mis cosas con ustedes?

—¡Claro! —dijo Rodolfo, alcanzándole una bolsa plástica.

—Puedes colocar tu ropa aquí para que no se vaya a mojar ni a ensuciar.

La chica se presentó diciendo que se llamaba Cynthia, vivía en la Florida. Se mudó allá luego del huracán María, estaba loca por regresar, pero su hijo y el marido no querían hacerlo. Con total naturalidad se quitó el pantalón corto y la camiseta quedándose en un pequeño bañador color blanco que marcaba perfectamente su silueta de mujer cuarentona, *pettie* y en forma. Rodo no pudo dejar de notar los pezones y las areolas que se marcaban oscuras sobre el diminuto sujetador y no dudó que, como tantas de sus vecinas en Miami, esas tetas fueran hechas; pero en este caso muy bien hechas, pues guardaban proporción con los 5 pies dos pulgadas y algunas 115 libras de peso que preveía en la mujer.

Esa pendejada del perfeccionamiento consecuencia de las mezclas y remezclas que son las puertorriqueñas. Cynthia era una flaca de pelo ligeramente rizo, cara perfilada, labios carnosos, ricas toronjas, cintura estrecha y unas nalgas que hacían posible que se pudiera sentar cómodamente sobre la cama de cualquier asceta. Su piel blanco tropical con ojos marrones y que, para rematar, cuando tomaban sol se tornaban amarillos. Cuando ella se había alejado en dirección a la poza, Enav le dio una nalgada juguetona a Rodo diciendo:

—Cuidado que te resbalas, las piedras están mojadas.

Él sonrió y dijo:

—Sí, están muy resbalosas.

—Claro, por tus babas —dijo riendo Enav.

Ya había comenzado a anochecer y las pocas personas que quedaban en la cuenca en dirección a la piedra —El Sofá— ya venían de regreso en camino al estacionamiento. Cynthia todavía en la charca, Enav terminando de montar el equipo para los seiscientos tiros de esa noche y Rodolfo montando el campamento suficientemente alejado del cauce del río para no tener problemas en caso de una crecida.

Acomodó la diminuta Taurus G2 en un lugar asequible, pero no fácilmente visible dentro de la caseta y salió a tender el saco de dormir que usarían en el exterior; si no llovía se quedarían al aire libre para mirar la lluvia de polvo cósmico.

A Enav no le gustaba la idea de que él portara un arma, pero Rodolfo la convenció de que estando en lugares solitarios podían ser blanco fácil de cualquiera. El problema no era que estuvieran solos, sino que llegara un tercero con malas intenciones. Rodo no perdía la esperanza de que ella lo acompañe al club de tiro un día de estos. Ya eran las 06.15 p. m. y estaba bastante oscuro, más una enorme y alta masa de cirrocúmulos se aproximaba presagiando lluvia y poca visibilidad.

Enav terminó sus preparativos y se acercó un poco contrariada porque estaba perdiendo la esperanza de tomar buenas fotos esa noche. Por suerte había traído un poco de marihuana y pensaba darse un pinche pronto.

Rodo le había servido una copa de vino tinto que ella asió sentándose a su lado. Muy juntitos, estaban disfrutando el inicio de la sinfonía nocturna puertorriqueña que se unía a las incesantes notas del río que no cesa de cantar saltando de piedra en piedra en su camino al mar, logrando así el propósito de su viaje: desconectarse.

En eso estaban, cuando distinguen una figura solitaria río arriba: era Cynthia tiritando de frío y haciendo un esfuerzo por ver donde pisaba. Rodo le alumbró con una linterna y le pasó el morral con sus cosas. Ella se secó rápidamente con una toalla y se la colocó sobre los hombros y se puso los cortos. Enav le sirvió una copa de vino y la convidó a sentarse con ellos a cenar. Luego de la cena Enav repartió el postre que había confeccionado para la ocasión.

Cynthia probando uno dijo:

—¡Uhm! Qué rico son *Munchkins donuts*.

Rodolfo, riéndose, le hizo señas para que bajara la voz advirtiéndole:

—Que Enav no te oiga, a mí me dio tremendo regaño cuando le dije que eran rosquillas. Su nombre es Gulab Jamun, un postre centenario de la India y se hace con esencia de rosas o cardamomo y azúcar caramelizada, levadura y leche. Y da trabajo hacerlos.

—Gracias por la advertencia, están riquísimos.

Mientras se acicalaba, Cynthia hablaba en un estado de euforia diciendo festinadamente:

— Ustedes viven en un paraíso, yo no quiero regresar a Starke.

— Yo vivía hasta hace poco en Miami y ahora vivo cerca de aquí. En Florida hay muchas cosas lindas, pero la gente no es la misma cosa, especialmente hacia el norte —comentó Rodolfo.

— Hay una frialdad especialmente de los gringos, puedes tener un vecino diciéndote Hi por veinte años y nunca ni pisa tu casa ni tú la de él —añadió la recién llegada.

—Sí, es cierto, pero en todas partes se puede ser feliz. Uno tiene que buscar su pequeño grupo, pero yo también prefiero mi islita.

Enav volvió a llenar las copas y Rodo les convidó de la bandeja con surtidos que había preparado. El cañón estaba totalmente a oscuras y las nubes hacían que la oscuridad fuera mayor.

—Cynthia, ¿cuáles son tus planes para esta noche? Está muy oscuro y va a llover, ¿tú pretendes caminar de regreso a oscuras y luego guiar por esas curvas? —le interrogó Enav.

—Pues a la verdad que me entretuve y se me pasó el tiempo. El celular no tiene señal y está por quedarse sin batería.

— Si gustas, te puedes quedar con nosotros, la caseta es grande y hay suficiente vino. El único problema es que Rodo ronca como morsa.

Ella, riendo, contestó:

—Pues pensándolo bien, creo que es lo mejor. Me quedo con ustedes.

—Tienes frío, ¿verdad? Ven para prestarte un abrigo, que hace un frío pelú y la humedad está a mil. — Enav dejó a Cinthia en la caseta para que se pusiera cómoda y volvió junto a Rodo.

Fue recibida con un ardiente beso y siguieron practicando el *french kissing*. Envueltos en lo suyo no se dieron cuenta de que Cynthia había salido de la caseta y sentada en una piedra los observaba. Cuando Enav se percató de que eran curioseados la invitó a acercarse.

—No quiero interrumpir —expresó sonrojada y tímidamente la invitada.

—No te preocupes ven, que eso de comer delante de los pobres no está bien.

Cynthia se echó a reír y dijo:

—Y esta pobre hace tiempo que no come.

Enav, siempre presta a tomar la iniciativa, se puso en pie y caminó hasta donde estaba Cynthia; la tomó de la mano y la llevó a sentarse a la derecha de Rodo, que le pasó una copa de vino, y le dio un beso en los labios que ella aceptó sin ningún reparo. Mientras tanto Enav encendió su blunt y se lo pasó a Rodo que lo hizo llegar a Cynthia.

—¿Qué es? —preguntó ella.

—Cannabis cultivado por Rodo —contestó Enav.

—Ok —dijo y procedió a darse una halada del cigarrillo—.

—Yo no fumo, me gusta más la nota con *brownies*— aclaro Rodo.

—Rodo hace un arroz con marihuana que sabe mejor que el arroz con habichuelas de mi madre y hasta pasta dental confecciona.

Cynthia, luego de otra alada, le devolvió a Rodo el pinchito y preguntó:

—¿La pasta sabe bien?

Él le hizo llegar el cigarrillo a Enav, que le dio otra aspirada y lo apagó contestando de esta manera:

—No sabe bien, pero te deja los dientes contentos. —Las chicas que ya estaban tripiando se echaron a reír desenfrenadamente.

Rodo volvió a llenar las copas y Enav propuso un brindis.

—Por una noche de amistad e intimidad. Que esta noche los tres brillemos para nosotros. Salud.

Los tres bebieron hasta vaciar los vasos. Enav se acercó a Rodo y lo besó estrechando a Cynthia para acercarla, para que tomara parte de la acción desde un principio. Cynthia se concentró en besar el cuello de Rodolfo mientras este último recorría con sus manos la espalda de cada chica. Enav hizo un alto para besar a la otra chica que correspondió dejando que la lengua de Enav entrara en su boca y recorriera los pliegues internos de sus labios, absorbiendo su saliva rojiza por el vino. Rodo les masajeaba el cabello a las dos. Una de cabello color trigo claro, la otra de pelo negro que se confundía con la oscuridad que reinaba en el Cañón Blanco.

Entre las dos chicas le removieron el pantalón y como no tenía ropa interior inmediatamente cada chica se acomodó para mamárselo: una se encargó de la punta mientras la otra se ocupaba de toda el área del escroto hasta el perineo para luego alternarse, finalizando ambas dándole lengüetazos a la punta del pene que tenía las venas marcadas, listo para explotar. Ellas dejaban que sus lenguas se enroscaran entre sí como si fueran a exprimir caña de azúcar para sacar guarapo. Rodo, a punto de venirse las tomó por el pelo para que pararan y las besó a las dos. Incorporándose colocó a Cynthia sobre Enav para que hicieran un 69.

Luego de un rato de observarlas él se puso un condón y se colocó en posición para penetrar poco a poco a Cynthia. La chica se sentía apretadita. Él continuó entrando y saliendo despacio para controlar el deseo de venirse llenando su mente de pensamientos lo más alejados que le era posible al acto que estaba ejecutando. Los activos aumentan por el débito, un débito es una entrada en la parte izquierda de un a cuenta T, los pasivos aumentan por el crédito que es la parte derecha de una cuenta T. ¿O era al revés?, se preguntó.

La artimaña surtió efecto por unos breves minutos, los suficientes para extender el placer lo necesario para que la chica se corriera. Y es que bastó una mirada al seno izquierdo y otra al derecho para declarar que la ecuación estaba en balance y la lubricidad llevara el repaso de contabilidad básica por otros derroteros; la urgente necesidad de hacer un asiento de jornal entre las piernas de su candente compañera. El polvo que estaba por lanzar se adelantó en su encéfalo como el rayo se adelanta al trueno. Los corrientazos ya incontenibles de su orgasmo empezaron a recorrer su cuerpo mucho antes de que el escupitajo de leche saliera disparado, procurando llegar a lo más profundo del canal vaginal, pero destinados a morir en el profiláctico.

Con esa táctica y el condón que le quitaba algo de sensibilidad logró aguantarse un rato, pero entonces Enav empezó a chupar sus canicas y el volvió de inmediato a sentir la inevitable necesidad de aumentar la velocidad de sus movimientos hasta convertirlos en furiosas embestidas, atropelladas, que hicieron que los gritos de Cynthia rebotaran de roca en roca. Enav, que sabía de la dificultad de Rodo para venirse con un condón puesto, lo recostó al lado de Cynthia, le arrancó el profiláctico y lo cabalgó hasta hacerlo venir.

Cynthia ya repuesta de su orgasmo, acostó a Enav y comenzó a practicarle sexo oral, lamiendo, repasando cada pedacito de sus labios mayores y menores, bebiendo cada gota del líquido que expelía la vulva de Enav; una mezcla de infusiones con la esperma abundante que el primer polvo de Rodolfo en ese día acababa de dejar en el canal vaginal. Eso lo continuaron ellas dos bajo un aguacero que aumentaba la excitación del momento, pues parecía que mil dedos las masajeaban aumentando el placer, ya que una cascada de agua fría y dulce brotaba de la raja y de cada pliegue de Enav. El río crecido parecía imitar los rugidos que Enav soltaba ya próxima a venirse. Ella estalló con el mismo ímpetu con que se precipitaba el agua río abajo; el golpe que arrastraba las manos caídas del cielo que las había acariciado hacía apenas unos minutos.

Rodo las esperaba en la caseta, toallas a la mano, pasando una a cada una más con otra las ayudó a secarse. Ahora sí que había frío y los cuatro pezones parados eran el mejor termómetro en esos momentos. Cynthia se acomodó bajo el saco de dormir; Enav la emuló, abrazándola por la espalda y Rodo hizo lo mismo con Enav.

En la mañana, Rodo fue el primero en levantarse, calentó agua para un té de los que le gustan a Enav y coló café para él. Regresó a la caseta con el té y un café para Cynthia, adivinando que eso era lo que ella preferiría y tomando conciencia de que se habían acostado con una total desconocida en lo que habían planificado como una cita romántica. ¿Sería una premonición de lo que la relación estaba destinada a ser? Rodolfo, por costumbre y experiencia, no solía hacerse muchas ilusiones a largo plazo de sus relaciones, disfrutando el hoy y ahora. Él le llevaba alrededor de 20 años a Enav y le quedaban quizás, con suerte, 15 años saludables antes de que la vejentud le robe la vitalidad y la alegría de vivir. Pase lo que pase, las pocas o muchas primaveras que le quedaran, se las iba disfrutar a plenitud sin darle mayor importancia al mañana.

Salieron los tres a bañarse al río, que había vuelto a su sereno rodar montaña abajo recitando la apacible poesía del glu, glu. El agua parecía estar más fría que nunca por lo que se enjabonaron rápidamente, hundiéndose en el charco para salir corriendo a secarse.

Llegando al campamento, Enav se despidió de Cynthia diciendo que iba a recoger la cámara y todo el equipo fotográfico. Al pasar junto a Rodo le dijo por lo bajo:

—Aprovecha que se quedan solos porque luego te quiero solo para mí.

—Y yo a ti —respondió él dándole una cesta con frutas y yogurt.

Para despedirse y tratando de justificarse Cynthia le comentó a Rodolfo lo siguiente:

—Hace seis meses que mi marido no me toca y me hacía falta sentirme deseada, que me apapacharan mientras me hacían el amor; fue tan rico, gracias a los dos. Tengo que bregar con la situación de mi matrimonio y de mi hijo por lo que haber soltado todo ese estrés con dos extraños fue mejor que tratar de hacerlo con alguien al que tuviera que seguir viendo y tener que oír

»Y ahora, ¿qué hacemos? Decimos adiós y guardamos un lindo recuerdo de una noche sin estrellas visibles, pero llena de luz. Gracias Rodo, quizás nos encontremos en otra ocasión. Estoy sin señal y mi hijo tiene que estar tratando de comunicarse por lo que quiero irme sin demora.

—No te preocupes, en cuanto llegues al estacionamiento debes tener cobertura, si no al llegar al primer cruce de carreteras tendrás. Detente y llama porque luego en las curvas vuelves a perder la señal hasta que llegues al pueblo de Utuado. —Rodolfo la acompañó hasta el estacionamiento y se despidieron con un fuerte abrazo.

—Me despides de Enav, dale un beso de mi parte y las gracias por una noche que nunca olvidaré.

Al poco rato Enav regresó después de haber recogido el equipo.

—Hey, ¿se fue Cinthia? —preguntó Enav al regresar con el equipo fotográfico.

—Sí, estaba ansiosa por comunicarse con su hijo. La pobre estaba falta de cariño. Nos dio las gracias por la rica velada y te dejó un beso. —Rodo se acercó a la mujer y le plantó un beso en los labios, diciendo—: Ya cumplí el encargo.

—¿Uno solo?

—De parte de ella sí, pero ven acércate que tengo tantos como estrellas en la vía láctea, todos para ti.

—Yo tenía algo preparado para ti, pero lo pospuse para otra ocasión luego de ver como salivabas cuando la viste en bikini. Eres un viejo verde.

—Quieres decir Hulk. Hum, no sé si fui el único en salivar. Y, ¿cómo qué o qué tenías preparado?

—Lo guardo como una sorpresa para otra ocasión, pero te doy una clave: la Pantera Rosa.

—*The Pink Phanter*, suena interesante.

Ella se acercó besándole y apretando sus nalgas mientras le decía:

—Vámonos, viejito presumido, antes que caiga el próximo chubasco.

—De vuelta a la vorágine de concreto. ¿Cómo quedaron las fotos?

—Hay seiscientas fotos de nubes oscuras y ni una sola de las perseidas, pero las estrellas que vi anoche fueron espectaculares.

—Sí que fue una noche espectacular —agregó él.

Mientras caminaban de regreso con todo el equipo de fotografía a cuestas más los bártulos de acampar Enav preguntó, con cierto cosquilleo, por las explicaciones totalmente asombrosas y detalladas que solía dar él, que muchas veces le mostraban un ángulo que ella no había considerado y que terminaban gustándole más que sus antiguos prejuicios. ¿Cuál era la razón por la que él no fumaba marihuana, pero se la comía en arroz, ensalada o dulces?

—Enav, yo me crie en un barrio donde la mayoría de los adultos «machos» eran alcohólicos y se empezaba a beber bien temprano. Yo, a los 12 ya me había emborrachado en varias ocasiones y fumaba. Cada ser humano busca una justificación para su vicio. Suele una generación ver bondades en sus costumbres, y vicios en los gustos de las próximas.

»Tuve un tío alcohólico de esos que se dan el primer trago al levantarse. Decía él que su vicio era mojado que a él los vicios secos no le gustaban y por eso no fumaba. Cuando yo era mozalbete la guerra contra las drogas era principalmente contra la marihuana, los veteranos de Vietnam estaban en otra categoría; esos se inyectaban heroína. Para entonces, similar a hoy, no importaba que de cada diez desgracias ocho estuvieran relacionadas al alcohol. Así que en alguna ocasión le prometí a mi padre que nunca fumaría marihuana, y no la fumo.

—Eso suena como pura semántica.

—Oye, la mejor manera de hacer que una orden fracase es seguirla al pie de la letra, además la marihuana de hoy día es medicinal.

Enav, desternillándose de la risa, contestó:

—Ja, ja, ja, eso es verdad.

— *Let's go, morning angel*, que va a llover y mi limosina no tiene capota.

IX
Segunda entrevista

—Nos acompañan por segunda ocasión Enav y Rodolfo, autores de la sensacional novela *El club de lectores ¡Qué Papaya!* con más de cien mil copias vendidas, una película a punto de empezar a filmarse por nada más y nada menos que el reconocidísimo director Pedro Almodón. Y si eso no fuera suficiente, es el epicentro de un escándalo donde la realidad supera la ficción. ¡Bienvenidos!

—Gracias por la invitación —indicó Rodolfo.

—Encantada de estar de regreso —añadió Enav.

—Sé que es incómodo, pero me veo obligado a volver a plantear una pregunta que hizo una de nuestras radioescuchas en la entrevista anterior: ¿Hicieron ustedes el amor tal y cual se narra en la novela?

—La contestación inequívoca es no. La novela de *El club de lectores ¡Qué Papaya!* se publicó el 31 de agosto de 2021. La reunión en la Ipnóteca, la del video, aconteció a finales de septiembre del mismo año de la publicación; casi un mes después de la divulgación del libro. Lo que sucedió en la Ipnóteca, ya está comprobado, más allá de duda razonable, fue una violación y no un acto de amor o de sexo en libertad. Y aunque hubo sexo, yo prefiero llamarlo violación para no ensuciar y diferenciar lo que es un acto sexual con consentimiento de un suceso que violentó la intimidad y la dignidad de cada persona que se vio involucrada. Excepto la persona que puso las drogas en nuestras bebidas, ningún participante consintió libre y voluntariamente a lo que sucedió y se divulgó en video.

—¿Qué les dirían ustedes a aquellas personas que los acusan de usar la misma estrategia que utiliza la familia Kardashian para promocionar su libro?

—La realidad es que nuestro libro se estaba vendiendo muy bien antes del escándalo, pero a raíz del tumulto causado por el video las ventas se duplicaron. Quizás suena paradójico, pero es como si tuviéramos que quedarnos con todo lo malo. El daño que nos causó la divulgación ilegal de la grabación de una violación y cualquier beneficio que pudiera resultar no lo podemos disfrutar.

»¿Qué se supone que hagamos Rodolfo y yo como autores del libro resultado de un esfuerzo limpio y financiado por nuestros bolsillos, con préstamos personales? ¿Retirar el libro del mercado? ¿Preguntar antes de cerrar cada venta si la adquisición del volumen es por el atractivo que pueda tener como literatura erótica o si lo intenta comprar por puro morbo? ¿Cancelar la transacción?

—Rodolfo, ha estado muy callado hoy. Por favor, aporte sus dos centavos de oro.

—Todo esto ha sido como una montaña rusa, hemos perdido y sufrido mucho todos. En mi caso en particular, mi esposa fue una compañera insuperable por veinte años y yo no tengo ninguna queja de ella. Me hubiera gustado mayor comprensión en unos momentos tan difíciles para mí, pero obviamente eso no es más que un acto de egoísmo de parte mía. Yo me pregunto, si mi compañera de toda la vida se hubiera acostado con cinco hombres viéndola yo gozando en cámara, ¿hubiera sido yo comprensivo y solidario con ella?, y no digo perdonado, sino solidario.

»Y aunque me gustaría decir con toda certeza que sí, que hubiera comprendido, y uso la palabra comprendido porque esta situación no es perdón lo que exige, sino comprensión, no puedo justamente decir que hubiese sido yo el modelo *sine qua non* de la comprensión o de la solidaridad. Cada una de las personas que bebió del vino drogado fue violada y eso incluye a Enav, a mí y a cada una de las otras integrantes del club de lectura. Las víctimas se multiplican cuando sumas las relaciones rotas como mi matrimonio, y mis relaciones paternofiliales, la vergüenza para mis padres, dos ancianos. Y no quiero ser indiscreto pero cada una de las personas envueltas en este escándalo, me consta, que han sufrido tanto o más que yo, incluyendo a Enav, al pobre don Severino que hoy sabemos murió como consecuencia del cóctel de drogas que inadvertidamente ingirió. Y cómo no, la familia de Lolita, que también tenía madre; en fin, gente que la quería.

—Rodolfo, entonces a raíz de la publicación del video, ¿la relación con tu esposa se desgració?

—Así es.

—¿Ustedes habían tenido relaciones sexuales antes de la reunión que se dio en la Ipnóteca?

—No, nunca. Los integrantes del club nunca se habían visto en persona antes de la reunión en la Ipnóteca. Hubo cuatro reuniones, todas por Zoom, donde tampoco hubo ningún tipo de sexo virtual. Los temas eran sobre erotismo; compartimos historias, fantasías.

—¿Pueden hacer un resumen, para beneficio del público, de lo que aconteció tanto el día de la reunión en la Ipnóteca luego la divulgación del video y, por último, del caso resuelto en corte?

—El club de lectura ¡Qué Papaya! tuvo una única reunión presencial en la Ipnóteca. El grupo fue drogado y filmado en una orgía inducida por la mescolanza de drogas que involuntariamente consumió. Gracias a un excelente trabajo de investigación de la teniente Rivera se descubrió quién fue la persona que endrogó al grupo y quién divulgó el video.

»La principal responsable de los acontecimientos se suicidó, la segunda está cumpliendo su condena en la cárcel de Bayamón. El señor Severino, dada su edad y condiciones de salud, murió como consecuencia de las drogas que, al igual que el resto del grupo, consumió sin percatarse.

Enav concluyó su monólogo de esta manera:

—Los sobrevivientes, víctimas de violación, estamos recomponiendo lo mejor que podemos nuestras vidas.

—Gracias por esa contestación tan concisa, y creo capaz de servir a muchas víctimas que están escuchando y se pueden identificar. Tenemos cientos de comentarios de apoyo del público. Se hace fácil entender por qué ustedes deciden ayudar a las otras integrantes del club, pero ¿por qué ayudar a la familia de la criminal que tanto daño causó?

—Yo no recuerdo quién lo dijo: «Si me juzgan por mi mejor día soy un ciudadano ejemplar, si lo hacen por mi peor día soy un vil criminal». Lolita era el sostén económico de su familia, su madre es viuda con serios problemas de salud y con dos hijos menores. Lolita misma fue víctima de muchos abusos en su vida y, como a tantas otras víctimas, la sociedad le falló. Nosotros deseamos tenderle una mano amiga a esos niños para que no se conviertan en otras víctimas de un suceso que no tiene nada que ver con ellos y que tanto daño ya ha causado. —Para cerrar su comentario Rodolfo puntualizó lo siguiente—. En algún momento hay que romper la cadena de odio y plantar la rosa blanca de Martí.

—Otra polémica que parece perseguir la novela es causada por el uso del lenguaje inclusivo. Algunos académicos y reconocidos escritores han criticado severamente la novela por esto.

Enav, molesta, no por la pregunta sino por la actitud de cierta gente, contestó de la siguiente manera:

—¡Que mucho joden! —En sus casas la audiencia solo pudo escuchar el «jo» que pronunció ella acompañado de un bip.

Enav prosiguió de esta manera:

—Defender la pureza de un idioma hijo de un hijo bastardo, perdónenme la palabra, es una pendejada de carnaval. ¿Quién habla hoy en día como lo hacía el Mio Cid o Miguel de Cervantes Saavedra? El idioma seguirá evolucionando, en cien años el español será muy distinto al que hablamos hoy, porque será un mundo distinto, y ojalá que más inclusivo y justo.

»Hay quienes pretenden controlar nuestros cuerpos, a quién y cómo amamos, cómo hablamos y hasta la forma de expresar sentimientos. Nosotros vemos esto como la persona que te dice, sin que nadie le haya pedido su opinión, estás gordite o estás muy flaquite. Mi contestación siempre es: vete al carajete.

—Muchas gracias a ambos por ser tan honestos y brindar tanta ecuanimidad con sus respuestas a preguntas que tocan cosas muy íntimas y dolorosas. Su acérrima defensa de la libertad en sus diferentes facetas como lo es la sexual, derechos de la mujer, y del ser humano en general a expresarse y ser feliz guardan una estrecha relación con la lucha permanente por la libertad de prensa.

»Las recientes revelaciones sobre los siniestros planes de la administración de Donald Trump para con el preso político Julian Assange es un recordatorio de la fragilidad de la libertad, en este caso, de prensa. Los criminales de guerra viven y mueren como héroes y la persona que destapo las mentiras vive preso y asediado. Vamos a una de las partes que más me gustan en cualquier entrevista: las reacciones o preguntas del público. Como el tiempo nos traiciona, he seleccionado una petición de Clarita, ella le pide a Rodolfo que por favor recite otra de sus poesías. Rodolfo, ¿vas a complacer a Clarita del Volcán en Bayamón?

—Sé que alguna gente está esperando algo en línea con «dale yuca por la cuca o hola, mariposa, pasa por casa y rosa esta polla, la que no mete, no me compete», pero les tengo algo en otra honda, que espero sea de su agrado. Aquí les va:

Elegía por la muerte de un gran amigo entre los amigos, José Francisco

(En memoria de José Francisco, otro de los buenos que nos arrebataron mucho antes de tiempo).

¿Por qué en esta mañana de azules vientos
y blancas nubes salpicadas de negros augurios
tu recuerdo me invade?
Eras colosal David.
Tu piel amalgama de colores,
minerales que el río concertó.
Tu gallardía no pasaba desapercibida,
Jazz en tu pecho resonaba,
recio tambor moreno.
Tus heráclidos brazos
cual red de Hefesto
atraparon al mensajero de Ares
que no pudo ausentarse
aunque tu ingle laceró
a fuego y plomo.
¡Ay!, Francisco.

Tu corazón, fuelle titánico
lanzó mil rosas
a las calles de Capetillo
estampando al pillo
mas derrumbando tu castillo.
¡Francisco!, ¿por qué te abrazaste a la Parca?
Que la vida y Afrodita se te fugaban

por el muslo cual talón de Aquiles.
¡Ay, Francisco!
¿Será que la brisa
arrastra tu último suspiro
para que yo grite este dolor?

—¡Qué hermoso homenaje a un amigo! ¿Quién no ha perdido un ser querido por la violencia que nos arropa de día a día? Preparándome para este, nuestro segundo encuentro, mi sobrina me retó a ver si descubría un mensaje escondido a plena vista en la caratula del libro. Sin arruinar la sorpresa para los pasados y futuros lectores, ¿qué nos pueden comentar, sin revelar la incógnita, de este acertijo?

—Para no develar el enigma, solo diremos que la sorpresa está enmarcada en el gran tema de la libertad, tanto sexual como de expresión. El no hablar de las cosas, el ignorarlas, no significa que estas no existan y que en cualquier momento nos exploten en la cara.

—Tengo que confesar que la primera vez que leí el libro no caí en cuenta, mas sin embargo mi sobrina mucho más perspicaz que yo se percató de inmediato. Ha sido un verdadero placer volver a compartir con ustedes. Les deseo lo mejor en sus vidas y que *El club de lectores ¡Qué Papaya!* se continue vendiendo como hasta ahora. Queda una invitación abierta para discutir su próximo proyecto.

—Muy agradecidos, muchas gracias —dijo la pareja al despedirse.

Al abandonar la emisora ella le propone a Rodolfo lo siguiente:

—Me gustaría caminar contigo como lo hacía con mi mejor amiga en la escuela intermedia. ¿Te animas? Puede lucir un poco ridículo, pero es muy divertido. Y me acabo de acordar de una regla muy importante.

—¿Cuál regla?

—Qué si lleva culo, se acentúa como ridículo.

—Dale, pues acentúa tu culo.

—Aquí no hay mucho, por lo que acentuarlo es más importante, ja, ja, ja.

Al salir, la pareja inició el juego que consistía en caminar alternando la dirección en la que sus cuerpos encaraban. En primer lugar, caminaron uno al lado del otro, lo que es típico; luego siguieron de espaldas, ella mirando hacia la calle. Enav de pronto se echó a reír.

—¿Qué pasa? —pregunta él.

—El pegadizo en ese carro: «Amo a mi esposa». —Ella riendo dice—: ¿Qué habrá hecho el macharrán?

—Quizás se casó hace poco o, mejor aún, acaba de enterrarla y cobró el seguro.

—Como diría Geño: eres un diablo y te vas a quemar en las pailas del infiernooooooo.

Así siguieron hasta que les tocó caminar frente a frente y avanzando de lado. Esta posición, tan íntima, la aprovecharon para besarse a cada paso, y como dice la famosa frase: *aquellos que no podían escuchar la música pensaban que los que danzaban estaban locos.*

Al entrar a Nam Pla ordenaron un surtido de los diferentes *dumplings* en el menú y ella le narró a él como había sido la conversación donde le contó a su pareja de lo sucedido en la Ipnóteca. La plática con su compañero de los últimos tres años no fue muy difícil, pero sí dolorosa. «Si tú no estuvieras tan metida en la mierda esa de educación sexual nada de esto hubiera pasado» fue lo que más le hirió. Sin levantar la voz, ella le pregunta:

—¿Dónde quedamos?

A lo que el responde:

—Yo no puedo perdonar ni olvidar el video, hacer el ridículo ante mis amistades y familiares.

Él terminó abandonando la casa, o sea, abandonándola a ella. Por suerte, la vivienda era alquilada y ella podría pagarla por sí misma. Su educación sexual no la recibió en el colegio católico, ni de sus padres. Un magacín, todo arrugado, encontrado debajo del colchón de su hermano mayor le mostró los primeros penes, erectos, largos y anchos, blancos y negros. Las mujeres tetonas en las fotos a color no se parecían en nada a sus pechos planos, pero en su inocencia las vaginas perfectamente afeitadas se asemejaban a la suya todavía impúber, lampiña.

Eso despertó su curiosidad y esa noche en el baño con el espejo de mano de su madre se miró por primera vez su vagina y la exploró, y se tocó lo que a ella le parecía una habichuelita colorá' de las que su madre guisaba. Hizo como las mujeres en las fotos: se frotó o como les hacían los hombres a las mujeres, sus dedos resbalaron por sus labios mayores, se espatarró e introdujo un poco su dedo en la cavidad que encontró. Eso estaba húmedo, y la habichuelita se sentía hinchada y toda la experiencia le gustó y la repitió muchas veces. Fue explorando y perfeccionando en lo que se introducía en su entrepierna.

Su primer orgasmo se lo debe a la empuñadura del espejo que le ayudó a explorar el mundo oculto más abajo de su cintura. En su adolescencia se masturbaba sin parar y tuvo dos grandes miedos: uno que una pinga tan grande como la de la revista la partiera en dos y que sus senos nunca crecieran más allá de las tapitas de Malta Corona que recién portaba, pues era una flaca plana por el frente y lisa por detrás. Pero esa planicie tenía una cavidad que la hizo gozar durante toda su tierna juventud, especialmente cuando descubrió que las pingas, sin importar su tamaño o cuan afiladas entraran todas salían vencidas, caídas, humilladas.

Sus amigas se reían de ella cuando les contaba que su primera vez fue con el mango de un espejo de mano, más ella se sentía poderosa de que ningún pendejo pudiera decir que la desvirgó. Por falta de sexo no moriría, económicamente no necesitaba ayuda de nadie y para la parte sentimental sus amigas y algunos amigos serían suficiente.

Rodo se convertiría en un *fuckable friend* a largo plazo siempre y cuando pudieran mantener sus relaciones de trabajo a un nivel profesional. El dolor seguía allí, pero ella sabía cómo enterrarlo, silenciarlo hasta que apenas fuera un murmullo. En los próximos meses se enfocaría en resaltar todo lo malo de su relación, lo agradable en diez años, si todavía quedaba algo rescatable; entonces, quizás eso valdría la pena conservar. ¡Qué bueno que le «pichó» a las propuestas de matrimonio!

En fin, que lo mejor que perdía en su relación, la pinga, ya tenía sustituto más había abundancia de ellas. Haber explorado tan bien su cuerpo en solitario, hasta conocerlo minuciosamente, le había demostrado el placer que este podía generarle y aprendió a no conformarse con menos. En un principio tuvo dificultades con los hombres, sobre todo con los excesivamente dominantes más luego aprendió a ser una maestra hasta convertirse en sacerdotisa de la lascivia. De vez en cuando llegaba un Eros como Rodo, dios no por ser omnisciente, sino por ser un experimentado estudiante en la técnica de escuchar y leer su cuerpo para ejecutar sinfónicos orgasmos bajo compartida y experta conducción.

A Rodo no se le hizo tan fácil como a ella, para ser más preciso le dio duro. Usar la palabra fácil pudiera hacer ver las vicisitudes de su compañero como algo sencillo. Lo de Rodo era una relación de veinte años con adolescentes de por medio. El hecho de que todo se dio por teléfono, apenas a un día de su viaje de regreso, hizo la ruptura todavía más dolorosa para él. En cierta forma ella ganó con la amistad de Rodo algo de lo que él creyó perder: un compañero incondicional y maduro que no necesitaba ningún título para estar para ella. Él, con ella, ganó algo que posiblemente había perdido hace mucho tiempo: una vida sexual no solo activa, pero entretenida, llena de aventuras y exploración.

Rodo era un hombre de una gran fortaleza mental que se autoayudará a sobreponerse de lo sucedido con una vida llena de aventuras no solo en lo sexual, a la que ella esperaba contribuir ampliamente si no que con un sinnúmero de proyectos en los que ella esperaba participar en mayor o menor medida.

Lo que sería imposible de sustituir eran las relaciones con los hijos en Miami, esa era la razón de las miradas taciturnas de su compinche. Pero ambos tenían confianza de que ya resuelto el caso en las cortes y aclarado el escándalo, ya ni la madre ni nadie en este mundo encontrará argumentos válidos para impedir que Rodo fraternice con sus hijos.

Enav está muy consciente que lo que va a ser improbable para cualquiera de los dos es retomar sus antiguas relaciones sin importar lo que suceda entre ellos. Lo estaban pasando muy bien, no se veían como novios ni como pareja; había cierta intuición que les decía que no darle nombre a ese algo lo transformaría en destello sólido y duradero.

Las fotos en las distintas revistas de chismes, todas luego del percance en la Ipnóteca, los mostraban en poses alegres casi todas en su primera caminata por Miramar lo que demostraba lo rápido que la prensa amarillista tuvo acceso a la patraña. Tuvo que reconocer la linda pareja que hacían, y lo bien que le quedaba la chiva a Rodo.

X

Noche mojada

El crepúsculo va dando paso a una oscuridad que lo arropa todo.

Salen de Nam Pla, cruzan la calle para caminar hasta donde Enav había estacionado su vehículo. Se toman de la mano con familiaridad y terminan con los dedos entrelazados. Ella va muy relajada, él un tanto tenso luego de no caminar en calles tan oscuras por mucho tiempo y no tanto por la tenebrosidad sino por lo solitario y consciente de que era tarde, cuando más fechorías se cometen.

Cuando apenas habían caminado unos pasos comienza a caer un aguacero a cántaros de esos que Rodo tenía en su memoria de los meses de agosto en la U. P. R. Enav apuró el paso arrastrándole, doblando a la izquierda en una de las calles que se habían detenido a mirar en otra ocasión. Al fondo, un edificio azul con el nombre Zaida en letras blancas.

Ella se pegó a la pared bajo lo que parecía una cornisa o un pequeño alero. Rodo se adhirió a su espalda y sintió el corazón agitado, acercó su boca al cuello que goteaba el agua dulce y fresca del aguacero y comenzó a lamerla; ella se sintió excitada y desplegó su cuello tan extenso como el Nilo, como el de Nefertiti en el famoso busto, dejando caer su cabeza hacia atrás invitándole a que no se detuviera y que bebiera de su cuello y en su cuello. Ella apoyó las palmas de las manos contra la pared y estiró sus brazos arqueando su espalda para que el roce sobre sus nalgas se intensificara. Él aumentó la presión contra el nalgaje y ella podía sentir el endurecido miembro guayando sobre la hendidura de sus nalgas.

Rodo se arrodilló, se metió bajo la falda, lamiendo su pierna izquierda desde la mitad del tobillo que quedaba al descubierto por el diseño de las tacas hasta el centro de su raja causando un movimiento involuntario que la dejó con las piernas separadas, lista para recibir placer en su parte más íntima. Si hubiera pasado un carro y mirado sencillamente parecería una mujer sola, perriando con las manos contra la pared.

Cuando él sintió que se ahogaba por la baba gelatinosa y transparente que chorreaba sobre su nariz, levantó la falda, la tomó por las espinillas y la haló hacía él mientras la penetraba fuertemente con su cabeza descansando en la espalda de ella y con el agua mojando sus nalgas porque la posición había hecho a las mismas sobresalir del pequeño alero. Ella tuvo que aumentar la presión sobre la pared y casi anclarse a ella con sus uñas para no caerse por las estocadas de Rodo cada vez más fuertes.

Distinguiendo la porosidad de la antigua mampostería, la impresión de vértigo al mirar hacia el alto alero junto la sensación de que sus manos desfallecieran cayendo de cara a la acera y las efusiones fluyendo de su chocho, próximo a regalarle un tremendo orgasmo, no pudo contener las ganas de gritar. Por suerte, el fuerte aguacero ahogaba gran parte de los alaridos que en otra circunstancia hubieran despertado a cualquier vecindario. Rodo estaba a gusto dándole, disfrutando del momento, contento de la corta rutina de ejercicios que le había fortalecido las piernas y brazos para manejar las 128 libras de Enav sin mayores problemas.

Pronto llegó la ofuscación de que las piernas le fallaran por los corrientazos que su próximo orgasmo le estaba enviando a todo su cuerpo, mientras los chorros de agua fría concentrados por la cornisa, le hacían sentir un frío que corría por las nalgas, culo y hasta le refrescaba los huevos. Ambos explotaron a la vez, él terminando de rodillas con la respiración agitada, los brazos cansados, muslos adoloridos, y ella sentada de culo sobre la acera y esto a pesar del agua que corría por todo el suelo. Ambos necesitaron unos minutos para reponerse, ponerse en pie y continuar caminando. Él se agachó rápidamente para recoger las refinadas bragas de ella, que estaban empapadas de agua. Ella tomó la prenda interior y la puso como bandera en un auto deportivo estacionado al costado del callejón.

El par continuó su caminata y a lo lejos divisó el rótulo del putero, aquel mismo que horas antes, a plena luz del día, se veía desolado haciéndoles preguntarse si estaría funcionando todavía. Ahora, iluminado, en complicidad con la noche y la sensación de humedad en las entrepiernas de ambos ese cartel se veía lleno de vida, magnifico.

A Rodo le pareció que las alargadas piernas de la mujer en el letrero de neón eran las piernas de ella. Enav todavía excitada por el polvazo que acababa de echar en plena vía pública vio en la inclinada y traspuesta señal de dirección de tránsito debajo del anuncio del local un pene erecto, confirmándole que esta noche era para hacer travesuras. Que allí el mundo giraba al revés, que la moral era otra, las perversiones sexuales bienvenidas.

Enav, reiteradamente tomó la iniciativa, con su mano, como hacen los bailarines de salsa, marcó el cambio de dirección y nuevamente doblaron a la izquierda hacía donde se divisaba la entrada del club.

Un moreno, posiblemente afroamericano, los recibió en la puerta cobrando la entrada a «30 bucks each» sin distinción de sexo o edad. Rodolfo llevaba años viendo propaganda de ese sitio en la Baldorioty De Castro, cerca al aeropuerto y nunca se había enterado de dónde era, obviamente la idea era atraer turistas.

Una vez adentro recordó cuando casi un niño con 16 años entraba a la Riviera con sus amigos y primos. Básicamente la aventura era siempre corta: entraban, los obligaban a comprar una cerveza, quedaban pelados, se ponían a ver el espectáculo, como el de la chica que se introducía una botella de vino por su vagina hasta que desaparecía en su totalidad. Si había mucha gente lograban entrar al baño a rellenar la lata vacía con agua para que cuando pasaran revisando no les obligaran a comprar la próxima. El disfrute siempre terminaba igual: las putas se daban cuenta de que no podían pagar ni una mamada y los dejaban solos, luego los empleados se percataban de que no consumían alcohol y los echaban. «Si mal no recuerdo, eran muy amables. Supongo que la cara de niños era evidente». En una sola ocasión uno del grupo subió con una chica, era el único que no la había librado de la pandilla, entre todos hicimos una colecta y lo enviamos con una flaca trigueña, que el mismo escogió, a «que se hiciera hombre».

Al bajar Nyto, cargaba una cara de enojo que nos preocupó a todos por lo que le preguntamos que si no lo había pasado bien y él, con la mejor cara de enojo de un pibe de 17 años, nos aclaró que «la puta no se la dejó mamar». Nos echamos a reír y salimos de allí por primera vez sin ser expulsados con la alegría y complicidad de la banda que ha hecho algo glorioso por uno de sus miembros.

Las putas y la administración se tomaban muy en serio eso de que allí entraban niños y salían hombres. En varias ocasiones, esa noche, nos preguntaron que si íbamos a consumir bebidas y rápido decíamos estamos esperando a que baje nuestro amigo que la está librando y los mozos se sonreían y no nos volvían a molestar, para suerte nuestra, porque estábamos totalmente pelados.

El recuerdo también tenía un aire impregnado a tabaco que ya hoy no se percibe en casi ningún local pues está prohibido fumar en espacios cerrados. Una memoria menos grata era la de los muchos amigos y conocidos que murieron borrachos en el largo viaje de regreso al área este de madrugada por la ruta #3.

El horario y las profesiones es cosa curiosa; Nam Pla cerró a las 10.00 p. m. y para un prostíbulo era temprano apenas había chicas o clientes. Hoy, casi cuarenta años más tarde, allí estaba Rodo, ya no andaba de cerveza barata sino de botellas de 125 dólares y un VIP con el convencimiento de que quien lo había guiado hasta allí, una mujer exactamente 21 años más joven, lo mismo pagaba la mitad o la totalidad de la cuenta.

Sin mucha certeza de lo que pasaría se fue al baño a dar una meada y tomarse una de las pastillitas azules que le había regalado un amigo. De seguir con este tren, tendría que añadir la susodicha píldora a su rutina de café en las mañanas.

Al volver, Enav bebía y conversaba animadamente con una chica que resultó ser de Canton, Ohio. Enav le pasó un vaso de Johnnie el caminante. La nueva amiga se dio cuenta que sus ropas estaban empapadas y que ambos tenían frío. Ellos le explicaron lo del aguacero y ella les propuso que subieran a una habitación para que se quitaran las ropas mojadas, sin mediar palabra Enav se puso en pie y dijo «let's go». Los tres bajaron lo que quedaba de sus tragos de un sorbo, Rodo tomó la botella y siguieron a la chica escaleras arriba.

La prostituta entro primero, ya habiéndose encargado de cobrar por adelantado y pagado el cuartucho que por mobiliario tenía una pequeña cama con sábanas blancas, una diminuta mesa de noche con una lámpara y bombilla incandescente de poca iluminación. La moza, que aparentaba algunos 25 años, se volteó y le quitó la camiseta a Rodo mientras Enav adherida a su espalda le aflojaba la correa y siguieron con los zapatos y pantalón.

La trabajadora sexual, que fue quien le quitó los zapatos, aprovechó su posición para sostenerle el pene con una mano mientras le lamía las bolas y lo puñeteaba. Enav le besaba la espalda y frotaba sus senos a nivel de los omóplatos. En poco tiempo, una erección no se hizo esperar y la chica demostrando maestría en su profesión le puso un condón con la boca y entonces se lo mamó y rápidamente lo acostó en la cama encaramándose sobre él, quedando de espaldas a él y de frente a Enav que se acercó a mamarle las tetas.

Rodo le pidió a Enav que se sentara en su cara para hacerle un cunnilingus, pedido que ella concedió de inmediato, arrodillándose, mirando a las espaldas de la otra chica. Él sosteniéndole por los muslos como si estuviera dándole «pa' pecho» la movía para tener mejor exposición a cada plegadura de los labios o del clítoris. Enav estirando sus manos le estrujaba los senos a la otra chica.

Enav ya caliente, y percibiendo por los quejidos de él que se vendría pronto, le pidió al tercer componente que la dejara a ella cabalgar un rato. La puta se movió a un lado, Enav arrancó el condón lanzándolo contra la pared, y se encaramó a caballo pelado sobre la verga de Rodo. Entonces fue la puta la que se acercó a mamar tetas mientras le frotaba el clítoris a Enav con dos dedos. La gringa también estiró la otra mano como hacían los muchachos en el juego de bellitas, pero en este caso para intentar rozar el culo del macho.

Ahora, sin condón, no tardó mucho en gritar «me vengo», haciendo que Enav se moviera con mayor rapidez y que la otra chica terminara metiéndole todo el dedo en el culo provocando un rico e intenso orgasmo, más placentero que el de hace un rato. Enav no se había venido todavía por lo que continúo moviéndose, pero entonces la otra chica entró en acción lamiéndole el clítoris y Rodo acariciándole el ano con la yema del dedo gordo, ocasionándole entre los dos un agudo orgasmo. Una vez vestido, Rodo le preguntó a la chica de servicio:

—*How much we owe you?*

—*Darling, the lady had paid in full. This one is not a one-trick pony, she is a keeper.*

XI

Paz tras la tormenta

El libro había sobrepasado las cien mil copias vendidas, con mejores términos para los autores, la casa editora se comprometía a una nueva tirada de ciento cincuenta mil copias en tres idiomas: español, inglés y portugués brasileño.

Rodolfo ya había agotado la licencia de un año que le concedió su trabajo para reponerse del trauma y escándalo, ahora con setenta y cinco mil dólares en la mano, fruto de las regalías de la primera novela, más un adelanto de su segundo libro —*La tipología de los Bellacos*— sabía que no regresaba a trabajar a una oficina en lo que le quedaba de vida.

Al llegar al aeropuerto, luego de compartir con sus hijos y de dar los primeros pasos para retomar algún tipo de relación con su esposa, decidió tomar un taxi y llevarle personalmente a Enav su parte de las regalías, veinticinco mil dólares. El chófer lo dejó en la calle, frente a la residencia; mientras caminaba hacia la casa percibe un carro extraño.

Al acercarse le pareció oír unos alaridos por lo que decidió asomarse por una ventana por si Enav estaba en peligro socorrerle. En un principio, realmente se aterró, pues había dos jovencitos y Enav en medio, pero no le tomó mucho tiempo caer en cuenta de lo que realmente pasaba. Los gritos que parecían de dolor eran reales, la estaban apuñaleando, pero era con una pinga que le rompía el culo. Ahora los aullidos eran de placer, pidiéndole al otro chico que la clavara bien duro por delante mientras se espatarraba como solo una gurú experta podría hacerlo.

La agitación y susto inicial dieron paso a otra que se levantaba entre sus piernas. Rodolfo no pudo dejar de sonreír recordando la mujer que a los 14 lo había iniciado. Caminó hasta la puerta y en el último momento decidió no llamar, deslizó el cheque por una hendidura marchándose.

Le tomó varias décadas comprender y llegar a sentir cierto grado de solidaridad con aquellos hombres que en su adolescencia le habían dicho cosas como: «Mejor comerse un filete entre dos que un saco de mierda solo»; «Yo no la quiero para cargar agua»; «Un pelo de crica hala más que la trompa de un elefante». Y cómo no recordar la solitaria figura de un elegante viejecito, bastón a la mano, sentado en la plaza Colón del Viejo San Juan que le contó mil aventuras de su juventud y que había terminado en la soledad porque no le gustaban las viejas y los cuernos tampoco.

Expuso el anciano su teoría del ocaso de los machos: «El deslave de los hombres comenzó cuando la mujer se afeitó el monte de venus y áreas limítrofes. Éramos roca, aparentemente muy fuerte en la cima de la ladera, un poco de humedad nos precipitó hasta otra "sima". La mujer hasta ese momento había sido sumisa, pero al tomar conciencia de su poder, nosotros perdimos el encanto de los sortilegios y quedamos al descubierto como los titiriteros que somos. Los hombres ya no podemos ser hombres, por lo menos no como yo aprendí a serlo».

A él, un hombre maduro, no le desagradaban las mujeres de su edad para nada, las lozanas le gustaban por igual y nunca había tenido tiempo para los celos. En fin, que el dicho ya lo decía: un hombre sin cuernos es un jardín sin flores y realmente se enfadó consigo mismo por el breve instante de celos, pues ¿cómo carajos Enav le podía pegar cuernos si apenas eran amigos?, más bien socios.

Lo que si le complació fue ver que los chicos tenían condón al momento de penetrar a Enav. Llegar a un entendimiento, tipo nirvana, de que las mujeres no son propiedad privada destinadas a complacer a los hombres le sentó muy bien en sus relaciones. Por igual domar desde bastante joven cualquier escrúpulo a que lo vieran ya fuera con una mujer fea o de dudosa moralidad, de acuerdo con los cánones de belleza o de moral reinantes, le había agenciado muchas más compañeras sexuales y amigas que si se hubiera limitado al reducido grupo de las nenas «lindas» o de «bien». De hecho, sus mejores polvos no han sido necesariamente con las mujeres más lindas con las que ha estado y definitivamente tampoco con las más puritanas.

Gran parte de su éxito como conquistador, si es que tal cosa existe, se debía a su habilidad para escuchar, observar y solo aconsejar cuando una consulta era requerida abiertamente. También tenía la convicción de que las personas hacían o no hacían clic rápidamente. Y que a pesar de que se podría trabajar arduamente para conquistar a alguien, el esfuerzo raramente valía la pena. Entre más inasequible es una persona más fácil es para nuestra imaginación crear un ser que no existe, causando grandes desilusiones en el futuro cercano.

Puerto Rico es pródigo en el alumbramiento de Venus Calipigias y si para ti no existen los coños carajo entonces podrás gozar de una cantera de nalgas abultadas tan suaves como las almohadas de pluma de ganso.

Otra cualidad que le había facilitado la copulación a Rodolfo era la habilidad de ver belleza o la posibilidad de esta donde otros solo veían fealdad; un ejemplo de esto es la chica que en los años universitarios siempre tenía su cabellera suelta. Un día en que corrió su pelo hacia el lado para besar el cuello, ella le preguntó por el tamaño de sus orejas: «¿Verdad que son muy grandes?, mis hermanos me decían Jumbo cuando pequeña». Él no contestó y siguió besándola hasta llegar a su oreja, la que besó, lamió y escudriñó con su lengua. Tomó el pomo de vaselina, embarró el mastoides con la crema, empujó con su mano la oreja desde el lóbulo hasta el hélix para formar una concavidad que penetró y folló como si fuera el canal vaginal más lubricado del universo. El primer escupitajo cayó en el largo cabello, el resto de leche resbaló por detrás de la oreja y el cuello mientras él se retiraba de la improvisada cavidad.

En la próxima cita la chica llegó con el pelo recogido y luego de un grajeo inicial le pidió que le volviera follar la oreja como la otra vez. Aunque advertía cierta melancolía por su compañera de tantos años, eso no impediría que disfrutara al máximo la libertad sexual que el estar soltero le proporcionaba.

Enav a él, en un cuerpo segmentado, no le hubiera gustado, excepto por sus ojos y nariz, que en el plano sexual hubiesen sido suficientes para animarlo a cualquier aventura placentera, pero sin embargo en conjunto le encantaba. Es que su cuerpo armado, según él, tenía simetría, un toque de don Quijote; flaca alargada, desgarbada en lucha contra injusticias gigantes que lo animan a montarse en su rucio a seguirle. La estilizada figura de ella le recordaba a él una garza real en un estanque petrificada mientras espera por la presa. De cariño él le puso Oxi por la mucha oxitocina que le hacía correr por su cuerpo.

Al partir y pasar cerca del auto desconocido advirtió el rótulo, «La Gran Bodega, se hacen entregas». Siguió caminando mientras ordenaba un Lyft, añadiendo a su *bucket list* el que no podía morirse sin darle por el culo a Enav.

Transcurrieron algunos días, Enav se comunicó con su socio, amante y amigo.

—Hola Rodo.

—*Hola Enav, ¿encontraste una sorpresa en la puerta de entrada?*

—¿Algo así como veinticinco mil sorpresas?

—*Yep, tu tajada de las regalías de nuestro libro. Como vi que tenías visita, y dado que yo llegué sin avisar, no quise interrumpir.*

—Estaba ocupada, pero para ti siempre tengo tiempo. Te perdiste algo que pudo ser interesante.

—*¡Eh!, contigo todo es interesante.*

Ninguno quiso hablar de lo que sucedió esa noche en casa de ella, porque tanto él como ella lo tomaron como uno de esos espacios de sagrada individualidad.

Enav terminó de ajustarse el arnés color rosa que llevaba tiempo esperando para ser estrenado con Rodo. Él ya le había expresado el deseo de comerle el trasero, cosa que ella disfrutaba hasta el orgasmo, pero la moneda hoy caía del otro lado. En las ocasiones en que ella había rozado o introducido un dedo en el ano de Rodo su erección y eyaculación habían sido más potentes por lo que intuía que el *pegging* sería de su agrado. Este binomio continuaría rompiendo los roles asignados por sexo al nacer o moldeados en sociedad.

Luego de colocar el consolador en su lugar y de ponerse una holgada franela se sonrió al imaginarse las miradas que acapararía al hacer su entrada en el *lobby* del hotel. Por último, calzó sus tacas y salió al encuentro de su amante con el deseo sádico de enterrarle las ocho pulgadas que cargaba en su bajo vientre.

Fin

Tarea para el lector

En el libro *El club de lectores ¡Qué Papaya!* se describen o se viven diferentes prácticas sexuales: unas sencillas, otras más atrevidas. Escoge una de las conductas sexuales que más haya llamado tu atención, ponla en práctica y escríbenos a: quepapaya069@ gmail.com> dejándonos saber cómo te fue.

Descubre tu próxima lectura

Si quieres formar parte de nuestra comunidad,
regístrate en **www.avanteditorial.com**
y recibirás recomendaciones personalizadas.

Made in the USA
Monee, IL
31 October 2022

16862655R00094